张兆和 著

我从来
不感到 孤独

天地出版社 | TIANDI PRESS

图书在版编目（CIP）数据

我从来不感到孤独 / 张兆和著. —— 成都：天地出版
社，2020.2
ISBN 978-7-5455-5399-4

Ⅰ.①我… Ⅱ.①张… Ⅲ.①日记－作品集－中国－
当代②随笔－作品集－中国－当代 Ⅳ.①I267

中国版本图书馆CIP数据核字（2019）第282860号

WO CONGLAI BU GANDAO GUDU

我从来不感到孤独

出品人	杨　政
作　者	张兆和
责任编辑	王　絮　霍春霞
装帧设计	BOOK·DESIGN
责任印制	葛红梅

出版发行	天地出版社
	（成都市槐树街2号　邮政编码：610014）
	（北京市方庄芳群园3区3号　邮政编码：100078）
网　址	http://www.tiandiph.com
电子邮箱	tianditg@163.com
经　销	新华文轩出版传媒股份有限公司

印　刷	北京文昌阁彩色印刷有限责任公司
版　次	2020年2月第1版
印　次	2020年2月第1次印刷
开　本	787mm×1092mm　1/32
印　张	8
字　数	140千字
定　价	48.00元
书　号	ISBN 978-7-5455-5399-4

版权所有◆违者必究

咨询电话：（028）87734639（总编室）
购书热线：（010）67693207（营销中心）

本版图书凡印刷、装订错误，可及时向我社营销中心调换

1935

从文同我相处，这一生，究竟是幸福还是不幸？得
不到回答。我不理解他，不完全理解他。后来逐渐有了
些理解，但是，真正懂得他的为人，懂得他一生承受的
重压，是在整理编选他遗稿的现在。过去不知道的，现
在知道了；过去不明白的，现在明白了。

——张兆和

　　你是我的月亮。你能听一个并不十分聪明的人，用各样声音，各样言语，向你说出各样的感想，而这感想却因为你的存在，如一个光明，照耀到我的生活里而起的，你不觉得这也是生存里一件有趣味的事吗？

——沈从文

编者说明

　　人到中年，才读到《湘行书简》。这些沈从文在回湘途中写给张兆和的信，写得平淡、绵长。之后，又在《沈从文家书》看到张兆和写的后记："从文同我相处，这一生，究竟是幸福还是不幸？得不到回答。我不理解他，不完全理解他。后来逐渐有了些理解，但是，真正懂得他的为人，懂得他一生承受的重压，是在整理编选他遗稿的现在……"

　　张兆和与沈从文的情感世界，就这样在平淡却绵长的文字里展开来。为了让更多的读者读到这些真性情的文字，我们联系到沈虎雏先生，在张兆和孙女沈帆的协助下，整理、编辑了张兆和的日记与信件，便是这本《我从来不感到孤独》。

　　编辑此书时，我们按照时间顺序将内容分为了四部分：第一部分是张兆和初识沈从文时写的日记与信件；第二部分是他们结婚后张兆和写给沈从文的信件；第三部分是 1949 年之后张兆和写给沈从文的信件；第四部分是附一和附二，是沈从文写给张兆和的部分信件以及张兆和的年谱。

为了充分展现时间线，本书收录的内容写作时间跨度很大。我们秉持尽量尊重作品原貌的原则，在编辑本书时最大限度地保留了作品的原貌。同时，为了阅读方便，编者为每封信和日记拟了一个小标题；标点符号在尊重原文的基础上，按照现在的语法规范做了一定的调整；"的""地""得"等虚词按现代汉语规范做了修改；"惟""身分""桔子""帐""想像""侵晨""保母""精采"等实词保留原貌；信的末尾处的写信日期，在保留原貌的基础上加了对应的公历日期；对于一些因时代原因、现在读起来有些费解的地方，加脚注说明。总之，在尽量保留作品原貌的同时，我们还尽量考虑到了现代读者的阅读习惯和接受习惯。

可惜的是，张兆和好多书信在战火中遗失了，今天我们只能得以窥见其中一部分。但愿我们这个编辑思路能让读者感受到其"用心"，跨越时代，通过这些真心流露的文字，使我们从来不感到孤独。

编者
2019 年冬

目录

Ⅰ

v

1916年在上海，左起：兆和、寅和、万老师、宗和、允和、元和

张家原籍安徽合肥，家居苏州。家教礼数极其严格，父亲张吉友请了很多有名的教师在家教授子女。

从第一封信到第一封信

张允和

上海有一条最早修筑的小铁路，叫淞沪铁路，从上海向北到炮台湾。

英国怡和洋行在同治年间（1862—1874）没有得到清政府的允许，自行开始修筑这条铁路。到光绪二年（1876）完工。从上海到吴淞镇，路长只有十四公里。第二年（1877），清政府认为外国人居然在中国领土上修筑铁路，这条铁路破坏了风水，是中国人的奇耻大辱，跟怡和洋行进行了无数次的交涉，出钱把铁路买到中国手中后，在愤怒之下，下令拆毁；把机件等物储存在炮台湾。经过了漫长的二十年，到光绪二十三年（1897），重新拨官款在原地修复通行。因为机件在炮台湾，淞沪铁路由吴淞镇延长两公里，全长为十六公里。

中国公学就在吴淞镇和炮台湾之间，它们三个所在地形成一个等边三角形。中国公学的同学都以学校在中国第一条铁路所在地为荣。

我和三妹兆和都是1927年作为第一批女生进中国公学预科的。这时候三妹十七岁，我十八岁，第一条铁路整整三十岁（如果不算前二十年的帐）。

我和三妹不但同时进中国公学，还在她三岁我四岁时（1913）在上海同一天开蒙认方块字，念"人之初"。四年后（1917）搬家去苏州，同在家塾里，同在一个桌子上念《孟子》《史记》《文选》和杂七八拉的五四运动的作品。我们三个女学生（大姐元和、我、三妹兆和）很阔气，有三位老师：一位道貌岸然[1]的于先生专教古文；另一位王盂鸾老师教白话文，也教文言文；一位吴天然女教师，是教我们跳舞、唱歌的。在《三叶集》（叶圣陶的子女写的集子）中好像提到过她。又四年（1921）我和三妹又同时进入苏州女子职业中学。读了一年，我们又同时留级，因为除中文课程外，其他课程都不及格。我们两姐妹是有福同享、有祸同当的患难姐妹。

三妹比我用功，她定定心在中国公学读了大学，以优异成绩毕业。我却先后读了三个大学。在中国公学两年，一年预科，一年"新鲜生"。（之后）就转学光华大学，也是第一批招收女生的大

---

[1] "道貌岸然"连同下文的"无缝不钻""滥竽充数""顽固"，现多含讥讽意，但为了保持作品原貌，不做处理。

学。"一·二八"战争（爆发），苏州到上海火车不通，我坐轮船到杭州之江大学借读了一学期。最后，又回到光华大学戴方帽子的。

大学里收女生是新鲜事，男生对我们女生既爱护又促狭。他们对女生的特点很清楚，挨个儿为我们起绰号。世传三妹的绰号"黑凤"，并不是男生起的，这名字我疑心是沈从文起的。原来男生替她起的绰号叫"黑牡丹"，三妹最讨厌这个美绰号。我有两个绰号，一个叫"鹦哥"，因为我爱穿绿；另一个绰号就不妙了，叫"小活猴"。可这个绰号见过报的。你如不信，可看1928年上海《新闻报》上有这么一篇报道：《中国公学篮球队之五张》，其中有"……张允和玲珑活泼、无缝不钻，平时有'小活猴'之称……惜投篮欠准……"五个姓张的是张兆和、张允和、张萍、张依娜、张××[1]。队长是三妹。我对运动外行，身体瘦弱，人一推就倒。可我喜欢滥竽充数，当一个候补队员也好。

我家三妹功课好，运动也不差，在中国公学是女子全能运动第一名。可在上海女大学生运动会上，她参加五百米短跑是最后一名。

中国公学的老校长何鲁，忽然下了台，到现在我还不知道是什么缘故。接任校长是五四运动赫赫有名的胡适之先生，他早年曾在中国公学念过书。他聘请了几位新潮流的教员，其中有一位就是沈从文。三妹选了他的课，下了第一堂课，回到女生宿舍后，谈到这位老师上课堂讲不出话来挺有趣。听说沈从文是大兵出身，我们也

---

[1] 原稿即为张××。

拜读过他几篇小说，是胡适之校长找来的人一定不错，可我们并不觉得他是可尊敬的老师，不过是会写写白话文小说的青年人而已。

别瞧三妹年纪小，给她写情书的人可不少。她倒不撕这些"纸短情长"的信，一律保存，还编上号。这些编号的信，保存在三妹好友潘家延处。家延死后，下落何处，不得而知。

有一天，三妹忽然接到一封薄薄的信。拆开来看，才知道是沈从文老师的信。第一句话："不知道为什么我忽然爱上了你！"当然，三妹没有复信。接着第二封、第三封信，要是从邮局寄信，都得超重。据三妹说，原封不退回。第四封以后的信，没听见三妹说什么，我们也不便过问。但是知道三妹没有复信，可能保存得相当周密。

我转学到上海大西路光华大学（1929），这以后，沈从文究竟给三妹多少封信，我当姐姐的不好过问。是不是三妹专为沈从文编过特殊的号，这也是秘密。

大概信写得太多、太长、太那个，三妹认为老师不该写这样失礼的信、发疯的信，三妹受不了。忽然有一天，三妹找到我，对我说："我刚从胡适之校长家里回来。"我问她："去做什么？"她说："我跟校长说，沈老师给我写这些信可不好！"校长笑笑回答："有什么不好！我和你爸爸都是安徽同乡，是不是让我跟你爸爸谈谈你们的事。"三妹急红了脸："不要讲！"校长很郑重地对这位女学生说："我知道沈从文顽固地爱你！"三妹脱口而出："我顽固地不爱他！"以上是三妹亲口跟我讲的话，我记得一清二楚。可

4

是我们两姐妹都有了孙女时，偶尔谈到"顽固地""爱他"和"不爱他"时，三妹矢口否认跟我说过这些话。

光阴如箭，这箭是火箭。人过了二十五岁后，觉得日子过得比过去快上一倍，你有这样的感觉吗？一下子，半个世纪过去了。

在这半个世纪中，我和三妹同年（1933）结婚，我嫁周耀平（现名周有光），她嫁沈从文；我和三妹同年生儿子，我的儿子叫晓平，她的儿子叫龙朱。卢沟桥事变，我们两家分开。她老沈家住云南呈贡，我老周家在四川漂流，从成都到重庆，溯江而上到岷江，先后搬家三十次以上。

日本投降后（1946）[1]，张家十姐弟才在上海大聚会，照了合家欢。这以后又各奔前程。从此天南地北、生离死别，再也聚不到一起了。一直到1956年，有三家定居北京，那就是三妹兆和家，三弟定和家跟我家三家。算是欢欢喜喜、常来常往过日子。十年后（1966），猛不丁地来了个"文化大革命"，这下子三家人又都妻离子散。两年后，北京三家人家只剩下四口人——沈家的沈二哥、张家的张以连、我家祖孙二人——相依为命。连连十二岁独立生活，我的孙女小庆庆九岁。三妹下放湖北咸宁挑粪种田，听说还和冰心结成"一对红"。三弟下放放羊。我家五口。儿子晓平、媳妇何诗秀下放湖北潜江插秧、种菜。我家爷爷[2]（周有光）下放宁夏贺

---

[1] 应为"日本投降后次年"。
[2] 我国南方一些地区妻子称自己的丈夫为"我家爷爷"，相对于孙辈而言。

兰山阙的平罗，捡种子、编筛子、捡煤渣，还有开不完的检讨、认罪会。大会多在广场上开。有时遇到空中大雁编队飞行，雁儿集体大便，弄得开会的人满头满身都是黏答答的大雁大便，它方"便"人可不"方便"，洗都难洗干净。我家有光幸亏戴顶大帽子，总算头上没有"鸟便"。有光跟我谈起这件事，认为是平生第一次遭遇到的有趣的事。

本来也要我带庆庆跟着爷爷下放平罗的。我思想搞不通，不去，就不去，动员我也不去，也无可奈何我。我是娇小姐，受不了那塞外风沙，也吃不下为三个人打井水、洗衣服、生炉子烧饭的苦。我一把锁锁上了城里沙滩后街五十五号大杂院里我住的房子的大门（原有五间半房子，上缴了四间）。住到中关村科学院宿舍儿子家，看孙女、烧饭、靠丈夫、媳妇三人给我微薄的津贴打发日子。真正不够用时，我有好亲戚好朋友处可借。虽然他们生活也不好，可他们总会竭力为我张罗。我一辈子怕开口问人借钱，这下子完了，只好厚着脸皮乞讨，这也是人生应有经历。

过年过节，我把十二岁的小连连接到中关村住几天，庆庆就不肯叫他"叔叔"，瞧不起他。庆庆说："我为什么要叫他叔叔，他只比我大三岁，他没羞没臊，还抢我糖吃。我不但不叫他'叔叔'，也不叫他'连连'，我叫他'小连'。"我骂庆庆，太没有礼貌。

有一次，我进城到东堂子胡同看望沈二哥。那是 1969 年初冬，他一个人生活，怪可怜的。屋子里乱得吓人，简直无处下脚。书和衣服杂物堆在桌子上、椅子上、床上……到处灰蒙蒙的。我问他："沈二哥，为什么这样乱？"他说："我就要下放啦！我在理东西。"可他双手插在口袋里，并没有动手理东西。他站在床边，我也找不到一张可坐的椅子，只得站在桌子边。我说："下放！？我能帮忙？"沈二哥摇摇头。我想既然帮不了忙，就回身想走。沈二哥说："莫走，二姐，你看！"他从鼓鼓囊囊的口袋里掏出一封皱头皱脑的信，又像哭又像笑地对我说："这是三姐（他也尊称我三妹为'三姐'）给我的第一封信。"他把信举起来，面色十分羞涩而温柔。我说："我能看看吗？"沈二哥把信放下来，又像给我又像不给我，把信放在胸前温一下，并没有给我。又把信塞在口袋里，这手抓紧了信再也不出来了。我想，我真傻，怎么看人家的情书呢？我正望着他好笑。忽然沈二哥说："三姐的第一封信——第一封。"说着就吸溜吸溜哭起来，快七十岁的老头儿像一个小孩子哭得又伤心又快乐。我站在那儿倒有点手足无措了。我悄悄地走了，让他沉浸、陶醉在那春天的"甜涩"中吧！

1988 年 5 月 9 日晚，初稿成于沈从文二哥逝世前 24 小时

上海吴淞镇中国公学校舍

————

中国公学创立于1906年，历史悠久。民国成立后，得到孙中山、黄兴扶持，逐渐发展成包括文、法、商、理四院十七系的综合型大学，增设了中学部。胡适、冯友兰、吴晗、何其芳等都出身于中国公学。

一

顽固地爱

与被爱

（1930—1931）日记

1929年中国公学女子篮球队的合影，中间执球者为张兆和

张兆和活泼漂亮，运动细胞非常好，是校篮球队队员，也曾在中国公学得过女子全能第一名，参加过上海全市运动会。

1929年的沈从文。沈龙朱绘

———————

受胡适聘请，只有小学文凭的沈从文到上海市吴淞镇中国公学当了老师，认识了后来成为他妻子的张兆和，因为性情木讷、不善言辞，开始了长达四年的猛烈而热切的情书追求。

1931年5月25日张兆和在获得几项跑步冠军后留影

聪明健美、皮肤黝黑的张兆和，被中国公学的男生起绰号"黑牡丹""黑凤"，曾拥有不少追求者。

叫我如何办法呢 [1]

姊妹三个去西美巷看了四爷家小弟弟的病。我未吃午饭就到大姑奶家，大姑奶仍然是那么兴致洋溢地同我谈笑。所有的女长辈大姑奶是我最敬佩的。

回来看到 Lo[2] 的信——

半年来为这事烦够了，总以为没事了，谁知事仍如此，或者更会加剧些，叫我如何办法呢！

我把 Lo 的信抄在下面，过些日子，自己看看，容我在事过后心平气和下看看自己的事究竟处置得对不。

B.C. [3]：

前天 S.[4] 先生来我房，说他不两天就要搬走了。

---

[1] 全书文章标题系编者所加，下同，不另做说明。

[2] Lo系王华莲的代号。王是张兆和的同学、好友。Lo To同。

[3] B.C.系张兆和的代号。

[4] S.系沈从文的代号。S.S.W.同。

昨天午间又来（同他 S.S. 一同来的），忽然又说不走了，是因胡先生留他在这儿的。昨晚茶房送来一信，邀我过去谈谈，并说明有事问我。当晚已迟，我因不便夜间在外边走动，又怕仓促间不能回答他的问题，所以没有去。我上了床，细细地筹划一下（明知问的是关于你的事），决定今早去。我以为不去是不能完事的，躲着反见我的忸怩。谁知今早大雨，下午天晴了，我走出去，却被水隔住了，不能过去。但遥遥地看见 S. 已站在校门口了。等到五点半的时光，我只好依然去去看。一进门 S. 睡在床上，L 女士和 L 五人都坐在他房，他们见我进去随即告退。S. 的问话就开始了，开头照例是几句应酬话，随后他就说："我有一事要问你，可是我说不出口，请你看这个——"他手按着一张纸，一方面叮嘱我不许告诉人。我拿了纸，一面看，他一面问："你知道这事不？B.C. 告诉你什么没有？"我说待我看完了这个再说。

B.C.！现在也请你把他给我的两张破纸看了再读下去，也许有头绪些。

Lo To：

　　我想问你一件事情，在过去，B.C.同你说过什么话没有？

　　她告诉你她同谁好过没有？

　　她告诉你或同你谈到关于谁爱她的事没有？

　　因为我信托你对于朋友的忠实，所以谁也不知道的事，我拿来同你谈及。

　　问你这事的理由是我爱她，并且因为这事，我要离开此地了。

　　我本来不必让我以外还有谁知道这件事，不过这事如今已为胡先生知道了，或者你还先知道，并且我以为你也有知道的理由，所以我来同你说及。

　　因为我非常信托你，我想从你方面明白一点关于她的事情。我打量这事情只有你一人知道，不能尽其他人明白。

　　我因为爱她，恐怕在此还反而使她难过，也不愿使她负何等义务，故我已决定走了。不过我愿意知道她的意见而走。我并不迫她要她爱我，但我想她处置这事稍好一点，是告我一点她的意见。

昨天到 W[1] 先生家中去，说到要走的事情，问了许久，为什么要走，我还总是说为刻苦自己，没有提到是女人的事，我想你们中也总不会知道，但到后是把要走的理由说及胡先生知道了。因为我自己感觉到生活的无用可怜，不配爱这样完全的人，我要把我放在一种新生活上苦几年，若苦得有成绩，我或者可以使她爱我，若我更无用，则因为自卑缘故，也不至于再去追求这不可及的梦了。这个话我是另外也告诉B.C. 了的。但胡先生知道这事以后，他要我莫走，要我好好地待在这里。他以为若果是她家庭有困难，他会去解决。他将为我在这事上帮忙，做一切可做的事。我现在要从你方面明白的就是她自己，若果她同你谈到这个（我疑心她要同你谈过），我想从你方面知道一二。

因为爱她，我这半年来把生活全毁了，一件事不能做。我只打算走到远处去，一面是她可以安静读书，一面是我免得苦恼。我还想当真去打一仗死了，省得纠葛永远不清。不过这近于小孩子的想像，现在是不

---

[1] W系胡适的代号。

会再做去的。现在我要等候两年，尽我的人事。我因为明白你是最可信托的朋友，所以这件事即或先不知道，这时来知道也非常好。我已告诉 B.C.，因为恐怕使她难过，不写信给她了。可是若果她能有机会把她意思弄明白一点，不要我爱她，就告诉我，要我爱她，也告诉我，使我好决定"在此"或"他去"。我想这事是应当如此处置好一点的。

胡先生是答应过我，若是只不过家庭方面的困难，他会为我出面解决一切的。事情由他来帮忙，难题很少也是自然的了。在我没有知道 B.C. 对我感想以前，我绝不要胡先生去帮忙，所以我先要你帮忙，使我知道一点 B.C. 对于这事的处置方法（S. 信至此完）。

S. 说："我很信托你，我知道你是忠于朋友的，愿帮忙的，忠实待朋友。所以才把不肯告诉人的话来告诉你，向你说，与你商议。"

B.C.，他说的一点不错，可是我惟其要忠于友，却不能忠于对我的友生野心——也许是不利——的人了。他不明白这个（也许明白而另有作用），却来向我求谋，岂不笑话？闲话少说，言归正传。当我看完了那纸，我用深刻的同情，长叹了一声。他问：

"你晓得不晓得这事？"我点了点头，他又问："是不是 B.C. 告诉你的？她说了什么？"我说不是，是我在她房里时刚刚遇着茶房送信去，我看见的。他问：

"是不是末了一信？"

"我不晓得。有一晚上，我在她房里，茶房说 S. 先生给 B.C. 小姐信，我才知道。"

"你看了没有？"

"我要看，所以 B.C. 看了，就递给我。"

"她看了说什么？你们对于这事谈了些什么？"

我说当晚时间很迟，已快熄灯了，来不及多谈。不过，我们遇着这种事，总要说几句事不干己的话，也就算了。因为遇见这类事件很多，照例地不去介意，所以也就没有多谈。

"以后她有没有说什么？"

"今年我们不同宿舍，课也不同上，她房里人和我房里人都不容得我们密谈，所以这半年来我们没有深谈的机会，大家碰头时只有普通的谈笑罢了。"

"B.C. 一下都没有谈到关于我的事或信件吗？"

"因为这种事对于 B.C. 尤其多，多了也就不感到如何出奇，所以照例地容易忘记。"

"在以前 B.C. 同你谈过……她谈过我吗？对我的感觉是怎样的？她对我谈过些什么？"

"在以前是师生关系，我们都随便地乱说，都说 S. 先生是值得称赞的先生，自从发生了信，也许她怕我们调笑，也许是没有谈到 S. 先生的机会，所以不大谈。近来她什么也不多谈。"

"她到底对我有没有爱？她将来会需要我的爱不会？假使她现在不需要，而将来需要，我可待她，待她五年。"

"这个我不晓得，不过就我所晓得的，你若认真地问她，她会用小孩子的理智来回答你，'我不要'，因为问急了，她一时答不出来，也许就给你一个'要'或'不要'。讲到将来，将来总有些渺茫，也许是现在恨，而将来变为爱，也许是现在爱，而将来变为恨，那都是不可捉摸的，怎么能凭准呢？"

"她既不爱我，为什么又不把我的信还我呢？我已经说明了，要解决这个纠纷，最好的办法是把我的信还我——"说到这里竟大哭了，"她却总是沉默。这使我一直地纠缠下去，彼此都不便，也许是不好的事。"

"不过我所知道的，以以往的为例，像这样的信，有时竟一连来几十封，她都置之不理，终于隐灭了。我最清楚知道的有一个国民政府派出留学日本的，因友人的介绍，B.C.曾与他通过两三封信，及至那人提出希求，B.C.又是照例地不理，一直纠缠了两年多。到去年，那人的最后一封沉痛决绝的信来了，又有他朋友同乡之来向B.C.设法，她也是给他一个不理，那件事到了去年暑假也就告了一个结束了。我想这回事大概她也以为沉默是较好的办法。"

"但是我明明说把信还我——"又哭，"或者是比沉默较好的方法，她都不做。我打算远走，胡先生硬要留我在此，叫我努力，把身体弄好，说到这里真叫我伤心——"又哭，"这半年来为了她，我一点事也不能做。胡先生叫我尽人事，他要帮我的忙成功这样的事。我请他暂等一下，他叫我等到她毕了业再说，留在这里使她多了解我一点。所以我要从你得知她确实的态度，因为她最信任你了，当然什么话都要同你谈的。"

"也不见得，B.C.是理智胜过感情的人，她从不为朋友一言所动，也不为朋友而牺牲己见。关于深切的事，她也不肯多谈，所以我不知道她到底如何。不过我要问一句，S.先生现在需要的乃是她的一句话，还是什么？要是一句话，这句话的回答很容易，我以为。回答满意的当然没有话说了，一切也成功了。万一B.C.竟说出不满意的回答，那时对S.先生有无妨碍？我很知道她的个性很强，她在你极高兴时极以为得计时，给你一个'我不'！她完全孩气未脱，若是有一事逼得她稍过一点，她明明干也要说不干了。她的回答是无足轻重的。"

"我也晓得她现在不感到生活的痛苦，也许将来她会要我，我愿等她，等她老了，到卅岁。"

"光阴有限，得到那时大家都老了。"

"她若果把信还我，我现在的生活一定不是这样子，一定有个改变，也许更努力做人，也许堕落，就人情所能做到的多是属于自堕一方面，因为没有心情来做人了。讲到这里，我愿大家都沉默过下去，也许好一点。但是像这样的沉默，使我心悬空地难过，倒不如告诉了我，使我掉下来，跌碎了也好。假使她说爱我，我能为她而努力做更伟大一些的事。"

"我也觉得 S. 先生再努力一点的好。事业能成功，就是爱的成功，也就是一切的成功。"说到这里，看他的神色，他却不大以为然，大概他以为他的小说算是成功了，不过就是伟大伟小上的问题而已，所以他说：

"B.C. 现在当然说不到生活问题。她现在还没有感到生活的需要。假使她需要我爱的话，我能使我自己更伟大一点。"

"好，我愿尽我的力量去得知 B.C. 对你的态度来告诉你，不过写信一层，隔膜太大了，尤其是词不达意的我，更说不清了。"

他说："等到开学时顺便说说也好，免得写信麻烦。"话算告一结束了。其中还有许许多多连恐吓带希望的言语，见面时再细为你述罢。我要在同房人睡了之后来写这封信，谁知我的笔下很慢，许多话都只好从略了。许多我替你设的计划都还来不及写上，我愿你接这信后，仔细地慎重地想一下，计较一下，或者同你的姊姊商议一下，商议好了，在可能中我愿你能在八九号来上海一次！把 S. 给你所有的信件，连同这一封，一道带来！我把我替你的计划告诉你，我觉得我这计划很好，非此行不可。我以为趁早解决的好，似此拖延下去，既非 S.S.W. 的福利，更不是你的福利。以后更大的纠缠发生，谁能堪此？

我写的这两张纸最好不给人看！你看了，还我。

S.S.W. 写给我的这两张纸，你留着没用，我留着比你留着好些，因为我始终可以为你设计。万一有个意外的事发生，我也有个根据，因为他现在把这样的事来托一个姑娘的——女儿身——我来帮忙，万一被他知道我不单不替他帮忙，反为你设法来解脱这事，他岂不将由怨你而恨我？恨我的难堪，你能替我设想吗？我现在不顾利害地来替你解决这事，正如他所说的，我是忠于友，B.C. 愿你把这封信全部还我！

夜深了，再谈！

Lo 二日夜　风雨窗下

他说的恐吓话竟是使人听着感到卑鄙，他用又硬又软的手段来说恐吓话，也许是要叫我传给你听的。

在他以为恐吓是能以助爱的滋长的。B.C.，你怕不怕？你若因怕而爱他，或不为条件地爱他也好。若坚决不爱他，而永无爱他的一日，你来，我替你解决，包不至于对你有较大的不利。

我到这世界上来快廿年了……我也不是个漠然无情的木石，这十年中，母亲的死，中学里良师的走，都曾使我落下大滴的眼泪过；强烈的欺凌，贫富阶级的不平，也曾使我胸中燃烧着愤怒的斗争之火，透出同情反抗的叹息过；在月夜、星晨、风朝、雨夕中，我也会随着境地的不同，心中感到悲凉、凄怆、烦恼等各种不同的情绪。但那也不过是感到罢了，却不曾因此作出一首动人的诗来，或暗示我做出一桩惊人的事来。可是我是一个庸庸的女孩，我不懂得什么叫爱——那诗人小说家在书中低回悱恻赞美着的爱！以我的一双肉眼，我在我环境中翻看着，偶然在父母、姊妹、朋友间，我感到了刹那间类似所谓爱的存在，但那只是刹那的，有如电光之一闪，爱的一现之后，又是雨暴风狂雷鸣霾布的愁惨可怖的世界了。我一直怀疑着这"爱"字的存在，可是经了他们（尤其是允）严厉的驳难后，我又糊涂了，虽

24

然他们所见的爱的存在的理由，也正如我一样，只是片面的。

　　如果不是这两年来大学的男女同学经验，我简直不知道除了我所怀疑的那许多爱以外，还有我以前一直意想不到的一种爱。

　　不想写了，一切因为华的来信，不写了，不写了。

（1930 年 7 月 4 日 ）

没头没脑的

六号，又接到一封没有署名的 S. 先生的来信。没头没脑的，真叫人难受！

我决定八号到上海。

（1930 年 7 月 6 日）

我终于到胡先生家去了

除了二姊而外，没有告诉另外任一个人，我就到上海了。在北站看见特地来接我的莲，她陪我在车站附近小广东馆中吃了东西。两人在炎炎的烈日下踽踽地走着，不知到什么地方去谈话的好。后来诌了来上海的口实，我就同她到老伯伯家，借计划学校里的事，我同莲把表妹住的亭子间的门闩了起来，莲再把那天被 S. 先生邀去谈话的事，详详细细地报告一遍。他说这纠纷的延长，是由于我之不复信，和没有听从他的意见以归还他所有的信为表示不满的行为。这真叫我没有办法！在先，我以为长久的沉默可以把此事湮没下去，谁知事实不如我所料！

他还说了些恐吓的话，他对莲说，如果得到使他失败的消息，他只有两条路可走，一条是刻苦自己，使自己向上，这是一条积极的路，但多半是不走这条的；另一条有两条分支，一是自杀，一是，他说，说得含含糊糊，"我不是说恐吓话……我总是的，总会出一口气的！”出什么气呢？
要闹得我和他同归于尽吗？那简直是小孩子的气量了！我
想了想，我不怕！Lo替我愁的不是这个，她怕他会去毁坏
我的名誉，或以他的一点聪明，捏造我成为一个可怕的女
子，使一般男子们不敢接近我，使我永远得不到一个爱人，
于是他便感到报复的愉快为满足了。如果真是如此，这证明
他爱我非假，为偿还这不顾一切的爱，我虽永远不会爱他，
虽也意想着这未曾经验的落寞的难堪，我也愿那么着。

　　他以这纠纷的延长是由于我之未还他信，莲以为如此
刻信还他，也许可济于万一，但她又恐致使他恼羞成怒，设
法来毁坏我。因他已先将此事告诉胡先生，所以她劝我此次
也到胡先生家去一趟，把前后情形详细告诉胡先生，然后请
胡先生将他的信交还他，那么以后他对我的损伤就有胡先生
负责了。我恐怕把他的信由胡先生手中交还他，反更会激起
他的恼怒，但我终于到胡先生家去了。

　　下午四时许，我走到极司非而路的一个僻静的小巷中，
胡家的矮门虚掩着，我在门栏中看到客厅中电扇飞旋着，谈
笑声喧闹着，我知道有客，而且多半是我认识的，我不想进
去，故意撳了撳门铃。一个女工出来，她用着江北口音问我

姓什么，找谁，我说了，她请我进去，我不，于是她进去说：
"一个姓张的女学生来找老爷。"我靠在门上，嗒嗒嗒嗒，
胡先生的足声，他出来了，请我里边坐，我说有客，不进去了。
他说楼上谈不好吗？我说不想耽搁其他客人谈话，希望胡先
生给我一个单独谈话的机会，他听了这话，才像猛然忆到：
"你可就是密斯张兆和！""是的。"我答。"好的，"他说，
"明天，不，今晚六点钟有空，请过来罢。"我像是做完了
一件大事，跳跳纵纵地跑出巷来，回到三多里，没半点钟，
又乘了电车往这地方来了。这回果然静静的，没点儿喧笑声，
我看见罗尔纲[1]在院上教着一个男孩念书，他见我来，站起
来同我点头，有趣，我在学校一直没同他招呼过。他见了我
这同学有怎样的感觉，当他在第一次谋生时？应有如许的悲
抑委屈罢，我想，虽然他没同我说话。江北女工上楼去不一
会，胡先生下来了。他开始便说对不起，先前我刚走，他的
客人们也就走了，害得我跑路，随后问我的姊姊，暑假学校
等事，他假装以为我是问暑期学校事来，问我进不进暑校。
及至后来才问："密斯张有什么话同我商量，请尽管说吧。"

---

[1] 罗尔纲，著名史学家，当时刚从中国公学毕业，因有困难，经沈从文介绍到
胡适身边协助工作，兼任家庭教师。

他说时由较远的一张长沙发椅，移坐到我对面的沙发上来了。我毅然（但终不免带几分羞涩）地说："我本不该来麻烦胡先生，不过到了无法可办时，而且沈先生也告诉过你，所以我敢于来请教先生。"于是我说了沈先生的事。他也把他由沈先生那里得知的事情报告点给我。他夸沈是天才，中国小说家中最有希望的什么，及至我把我态度表明了，他才知道我并不爱他。这下子他不再叨叨了，他确乎像是在替我想办法，他问我能否做沈一个朋友。我说这本来没甚关系，可是沈非其他人可比，做朋友仍然会一直误解下去的，误解不打紧，纠纷却不会完结了。这里，他又为沈吹了一气，说是社会上有了这样的天才，人人应该帮助他，使他有发展的机会！他说："他崇拜密斯张倒是真崇拜到极点。"谈话中这句话他说了许多次。可是我说这样人太多了，如果一一去应付，简直没有读书的机会了。于是他再沉默着。他说："你写信要他现在不要和你通信，或不要写那样感情的信。最好是自己写封信给他，再把态度表明一下。"我说怕他接信后会发生影响。"不会吧，"他也不敢断定，"不过你得写得婉转些。"我说我没有还信的错误。他说："你很可以对他说信是留着的了，你就明白地说，做一个纪念，

一个经验。"他说他也愿意为我写信去劝劝他。临行时,他说:
"你们把这些事找到我,我很高兴,我总以为这是神圣的事,
请放心,我绝不乱说的!"神圣?放心?乱说?我没有觉得
已和一位有名的学者谈了一席话,就出来了!

晚留宿三多里,同莲谈至夜半。

侵晨起来写信。

Lo 的给她带了去,S. 的带到苏州发。

(1930 年 7 月 8 日)

呼我"兆和小姐"

接到 S. 的信（是得到我给王的信而还未见我的信时写的）。字有平时的九倍大！例外地称呼我"兆和小姐"：

兆和小姐：

从王处知道一点事情，我尊重你的"顽固"，此后再也不会做那使你"负疚"的事了。若果人皆能在顽固中过日子，我爱你你偏不爱我，也正是极好的一种事情。得到这知会时我并不十分难过，因为一切皆是当然的。很可惜的是若果你见到胡先生时，听到胡先生的话，或不免小小不怿，这真使我不安。我是并不想从胡先生或其他方面来挽救我的失败的，我也并不因为胡先生的鼓励就走所谓"极端"。我分上是惨败，我将拿着这东西去刻苦做人。我将用着这教训去好好地活，也更应当好好地去爱你。你用不着怜悯或同情，女人虽多这东西，可以送把其他的那一群去。我也不至于在你感觉上还像其人一样，保留着使你不痛快情形的。若是我还有可批评的地方，可怜处一定比愚蠢处为少，因此时我的顽固倒并不因为你的偏见而动摇。我希望一些未来的日子带我到另一个方向上去，太阳下发生的事，风或可以吹散。因爱你，我并不去打算我的生活，在这些上面学点经验，我或者能在将来做一个比较强硬一点的人也未可知。我愿意你的幸福跟在你偏见背后，你的顽固即是你的幸福。

S.S.W.

九日

（1930 年 7 月 11 日）

月光泻满了一房

同允姊辩论了一整晚，为的是几年前我无意中的一句话："人与人间的关系除了互相利用而外，还有些什么？"允以为人间关系不止利用一种，还有一种感情的爱；而我则坚持人除了利用而外，绝无其他关系，甚而至于爱；不过我说的利用只不过是关系，不一定是动机，有时或者动机不在利用人，而关系却自然而然成为利用了。如孝，如恋爱……

朱妈催了几次睡觉了，我也记不下来那些话。

月光泻满了一房。

（1930 年 7 月 12 日）

我不得不谨慎

接得王的信，她信中抄有一封胡给他的信，另附一封他托她转我的信。他此信中，仍然同十一日来信的口气一样的强硬，他这么写：

兆和小姐：

　　感谢你的知会，由王处见到了。我所说分内的东西，就是爱你的完全失败，明白了，毫没有什么奇怪的。目下虽不免在人情上难过，有所苦痛，我希望我能学做一个男子，爱你却不再来麻烦你，也不必把我当成"他们"一群，来浪费你的同情了。互相在顽固中生存，我总是爱你，你总是不爱我，能够这样也仍然是很好的事。我若快乐一点便可以使你不负疚，以后总是极力去学做个快乐人的。

　　一个知道一点事情的人，当他的爱转入无希望中去时，他是能够把口喑哑，不必再有所唠叨了的。关于我爱你使你这时总还无法了解的一切，另一时若果把偏见稍去，还愿意多明白一点时，我想王或不缺少机会同你提到。她不是"说客"，我也不是想靠王或胡先生来挽救什么，不过有些为文字所糟蹋的事实，朋友中却以客观原因，较容易解释得清楚一点罢了。女子怕做错事，男子却并不在已做过的错事上有所遁避，所以如果我爱你是你的不幸，你这不幸是同我生命一样长久的。

我愿意你的理智处置你永远在幸福中。

沈从文

十九年七月九日

（让这名字带来的不快即刻你就忘记了。）

这封信仍然是九号写的，据说先由胡先生转，胡先生不知我的地址，又请王转的，王抄给我胡给他的信：

从文兄：

张女士前天来过了。她说的话和你所知道的大致相同。我对她说的话，也没有什么勉强她的意思。

我的观察是，这个女子不能了解你，更不能了解你的爱，你错用情了。

我那天说过："爱情不过是人生的一件事（说爱是人生惟一的事，乃是妄人之言），我们要经得起成功，更要经得起失败。"你千万要挣扎，不要让一个小女子夸口说她曾碎了沈从文的心。

我看你给她的信中有"把我当成'他们'一群"的话。此话使我感慨。那天我劝她不妨和你通信，她说："若对个个人都这样办，我一天还有功夫读书吗？"我听了怃然。

此人年纪太轻，生活经验太少，故把一切对她表示爱情的人都看作"他们"一类，故能拒人自喜。你也不过是"个个人"之一个而已。

暑期校事，你已允许凌先生，不要使他太为难，最好能把这六星期教完了。

有别的机会时，我当代为留意。

给她的信，我不知她的住址，故仍还你。

你若知道她的住址，请告我，我也许写一封信给她。有什么困苦，请告我。新月款我当代转知。

适之

十九，七，十夜

胡先生只知道爱是可贵的，以为只要是诚意的，就应当接受，他把事情看得太简单了。被爱者如果也爱他，是甘愿的接受，那当然没话说。他没有知道如果被爱者不爱这献上爱的人，而光只因他爱的诚挚，就勉强接受了它，这人为的非由两心互应的有恒结合，不单不是幸福的设计，终会酿成更大的麻烦与苦恼。胡先生未见到这一点（也许利害的观点与我们不同），以为沈是个天才，蔑视了一个天才的纯挚的爱，那这小女子当然是年纪太轻，生活太无经验无疑了。但如果此话能叫沈相信我是一个永久不能了解他的愚顽女子，不再苦苦追求，因此而使他在这上面少感到些痛苦，使我少感到些麻烦，无论胡先生写此信是有意无意，我也是万分感谢他的。

如果沈光只寄了九号写的那两封半讥讽半强硬的信来，

即使以后也还常常写些鄙视我的信来，我也没什么说的，因为他这样的态度，适足以消去我的同情，适足以磨灭掉我因他之为我而苦恼消沉的内心负疚，我可以在这些上面多得一些人生经验，更能安心地读我的书了……谁知啊，这最后的一封六纸长函，是如何地影响到我！看了他这信，不管他的热情是真挚的，还是用文字装点的，我总像是我自己做错了一件什么事因而陷他人于不幸中的难过。我满想写一封信去安慰他，叫他不要因此忧伤，告诉他我虽不能爱他，但他这不顾一切的爱，却深深地感动了我，在我离开这世界以前，在我心灵有一天知觉的时候，我总会记着，记着这世上有一个人，他为了我把生活的均衡失去，他为了我，舍弃了安定的生活而去在伤心中刻苦自己。顽固的我说不爱他便不爱他了，但他究竟是个好心肠人，我是永远为他祝福着的。我想我这样写一封信给他，至少能叫他负伤的心，早一些痊愈起来。但再一想，自己是永久不会爱他的（自己也不知为什么），而他又说过永是爱着自己，这两个极端的固执，到头来终会演成一场悲剧，与其到那时再来叫他或自己受更大的罪，还是此刻硬着一点心，由他去悲苦，不写信去安慰他，不叫再扩大这不幸好些。这是我们女子的弱点，富于同情而不敢表示。也不怪，女子在这世界上是最软弱可怜的，她们的一切行动思想均在苛刻的批评下压伏着，她们偶一不慎，生命上刻上了永世不消的人们的口印，便永久留着一个洗不脱的污迹——为人人所唾弃为人人所鄙视的污迹，这样，女子的欲进又止的怯弱行为的养成也是当然的事了。这里的我，也是如此的，我知道他爱我的一片苦心，纵不愿接受，也不当去禁止。爱人原不是罪恶，在人情的最低限度中，我很可以把不爱他的情形告诉他，希望他不要在我身上做些什么荒唐的梦，明白了这些，然后同他做一个好朋友。但这最低限度我仍然不能这样做。做一个人，为自己打算处总比为人打算处为多，而尤其是在我们女子难处的地位中，走错一步便留下千古的痕迹，所以虽明知道同他做朋友不是什么错事，也因怕人之非议而胆怯不前了。何况人的心又是得寸进尺的，他虽说能够同我做一个常见面的熟人便很满足了，但谁保得住他不因我之不退避，便也停止向前进攻呢？……想到这一点，我不得不谨慎，不得不制止着自己去写一些隔靴搔痒、无补于事的同情信了。眼见得人家向井底落，我自己软弱无力，心怯胆小，只有张着一双手看着了。

究竟在这些事上，我仍然是一个小孩，懂得不多，一有点为难便令我束手。胡先生以为不应拒人诚挚的爱而自喜（其实我又喜些什么！），沈则虽顽固如初，最后一信却说，在人事上别的可以博爱，而爱情上自私倒许可以存在，沈在这种情形之下，说出前后矛盾的话，当然是不足为奇的……可是，这里却又叫我糊涂了。小说上常常有许多女子，为了一个不相识的人，能用不顾死活的爱去爱她，为他这无所求的爱（如《茶花女》中的亚芒），便也爱了他。这样的情形除了被爱者因自身的关系，有时或不能这样做而外，但在旁观者眼光看来，统都以为非如此才对。假如我是此事的旁观者，我自始至末明白清楚了这事，我见到我对付此事的态度，我也会深深地同情他而不免谴责我自己了。可是我终怀疑到那只是小说戏剧中文人的捏造，我怀疑人情中真会有这样的事……但眼前这一件热情的悲剧，又明明呈露在眼前，在这无可解答中，我也就不得不自认我是太年轻太无生活经验了。

　　一天只是管些闲事，也没有功夫来写日记，其实我是一件事也没有做。陆续地写了这一点，明天写吧。

（1930 年 7 月 14 日）

他不免伤感地哭了半天

昨日今日连刮了两天大风，可以记在日记上的事：

（1）我们楼前遮太阳的芦席棚刮倒了。

（2）今天弟弟们的九如社开了一个小小的成绩展览会，成绩有字、画、动物植物标本，还陈列着古钱和九如社附设皖山图书室的藏书。我们水社的人们正忙着在装订二期的《水》，他们硬要请我们去参观，参观后还拿着刻了红"九如"印的纸，逼着每个人批评，而且要批评短处，我看了又高兴，又急。

（3）昨日五爹爹游公园，在毛厕里把一支拐杖丢了，今天在公园一带高高地贴起了寻杖悬赏的招贴。

但是我总不能忘怀那件事，他爱我爱得太深切了。他仍然没有放松他的想头，不过知道不成后在表面上舍弃了罢了。唉，这一场孽债，哪里是他的前因，将生怎样的后果，何日才得偿清！不管它吧，让我把他此次的信抄写几节下来。

他说他接到我的信，很懂我的意思，此后再不来为难我了；以前他自己也知道，他有一个年龄同我相仿的妹妹，他妹妹不欢喜同人家谈这些事，他知道我也是一样的不欢喜。但是，他说男子爱而变成糊涂东西，是任何教育不能使他变聪敏一点，除了那爱是不诚实。他说这事他已给三个人知道了，这三个人便是王华莲、胡适之、徐志摩。胡用科学的言语叫他等待，王叫他安心教书，而徐只劝他："这事不能得到结果，你只看你自己，受不了苦恼时，走了也好。"他觉得胡的话不能存在，他信了徐的而否认了王的。他决定不教书了，走了既可以使他无机会做那自谴深责的孩子气行为，又可以使我读书安静一点。他说他到另外生活上去，当努力做个人，把一切弄好一点，单只是为了想到留一点机会使我爱他，他总是要好好地在做人的。他说我将来明白了爱，知道爱人时仍不爱他，这是他预料中事。因为他说他所爱的太完全太理想化，而自己却又照例地极看不出自己的好处。他说：

　　我是只要单是这片面的倾心，不至于侮辱到你这完全的人中模型，我在爱你一天总是要认真生活一天，也极力免除你不安一天的。本来不能振作的我，为了这一点点爬进神坛磕头的乡下人可怜心情，我不能不在此后生活上奋斗了。

　　我要请你放心，不要以为我还在执迷中，做出使你不安的行为，或者在失意中，做出使你更不安的堕落行为。我在这事上并不为失败而伤心，诚如莫泊桑所说，爱不到人并不是失败，因为爱人并不因人的态度而有所变更方向，顽固的执著，不算失败的。

他说王把我的信送给他看时，他不免伤感地哭了半天，至后王走了，他就悔恨将来若果她同我谈到此事时，她一定要偏袒他一点，将使我不安。他说：

　　其实，那是一时的事，我今天就好了，我不在那打击上玩味。

自己到如此地步，还处处为人着想，我虽不觉得他可爱，但这一片心肠总是可怜可敬的了。

　　我给他信上说："一个有伟大前程的人，是不值得为一个不明白爱的蒙昧女子牺牲什么的。"他却说：

> 我并不是要人明白我为谁牺牲了什么的……我现在还并不缺少一种愚蠢想像，以为我将把自己来牺牲在爱你上面，永久单方面的倾心，还是很值得的。只要是爱你，应当牺牲的我总不辞，若是我发现我死去也是爱你，我用不着劝驾就死去了。或者你现在对这点只能感到男子的愚蠢可悯，但你到另一时，爱了谁，你就明白你也需要男子的蠢处，而且自己也不免去做那"不值得"牺牲的牺牲了。"日子"使你长成，"书本"使你聪敏，我想"自然"不会独吝惜对你这一点点人生神秘启示的机会。

> 每次见到你，我心上就发生一种哀愁，在感觉上总不免有全部生命奉献而无所取偿的奴性自觉，人格完全失去，自尊也消失无余。明明白白从此中得到是一种痛苦，却也极珍视这痛苦来源。我所谓"顽固"，也就是这无法解脱的宿命的黏恋。一个病人在窗边见到日光与虹，想保留它而不可能，却在窗上刻画一些记号，这愚笨而又可怜的行为，若能体会得出，则一

个在你面前的人，写不出一封措辞恰当的信，也是自然的道理。我留到这里，在我眼中如虹如日的你，使我无从禁止自己倾心是当然的。我害怕我的不能节制的唠叨，以及别人的蜚语，会损害你的心境和平，所以我的离开这里，也仍然是我爱你，极力求这爱成为善意的设计。若果你觉得我这话是真实，我离开这里虽是痛苦，也学到要去快乐了。

你不要向我抱歉，也不必有所负疚，因为若果你觉得这是要你道歉的事，我爱你而你不爱我，影响到一切，那恐怕在你死去或我死去以前，你这道歉的一笔债是永远记在帐上的。在人事上别的可以博爱，而爱情上自私或许可以存在。不要说现在不懂爱你才不爱我，也不要我爱，就是懂了爱的将来，你也还应当去爱你那所需要的或竟至伸手而得不到的人，才算是你尽了做人的权利。我现在是打算到你将来也不会要我爱的，不过这并不动摇我对你的倾心，所以我还是因这点点片面的倾心，去活着下来，且为着记到世界上有我永远倾心的人在，我一定要努力切实做个人的。

读了这几节，这接信者不由衷心感到一种悲凉意味。她惊异到自己有如许的魔力，影响一个男子到这步田地，她不免微微地感到一点满足的快意，但同时又恨自己既有陷人于不幸的魔力，而无力量去解救人家，她是太软弱了！她现在也难过得要哭。

信的最后，他告诉她一大些做人、向上的道理，她觉得这都是真话，所以也珍重地抄了下来：

至于你，我希望你不为这些空事扰乱自己读书的向上计划，我愿意你好好地读书，莫仅仅以为在功课上对付得下出人头地就满意，你不妨想得远一点。一颗悬在天空的星子不能用手去摘，但因为要摘，你那手伸出去会长一点。我们已经知道的太少，而应当知道的又太多，学校方面是不能使我们伟大的，所以你的英文标准莫放在功课上，想法子跃进才行。一个聪明的人，得天所赋既多，就莫放弃这特别权利，用一切前人做足下石头，爬过前面去才是应当的行为。书本使我们多智慧，却不能使我们成为特殊的人，所以有时知道一切多一点也不是坏事，这是我劝你有功夫看别的各样书时也莫随便放过的意思。为了要知道多一点，所谓智慧的贪婪，学校一点点书是不够的，平常时间也不够的，平常心情也不济事的，好像要有一点不大安分的妄想，用力量去证实，这才是社会上有特殊天才、特殊学者的理由。依我想，且依我所见，如朱湘、陈通伯、胡先生，这几个使我敬重的人，都发愤得不近人情。我很恨我自己是从小就很放荡，又生长在特殊习惯的环境中，走的路不是中国在大学校安分念书学生所想像得到的麻烦，对于学问这一套，是永远门外汉了。可是处置自己生活的经验，且解释大家所说的"天才"意义，还是"不近人情"地努力。把自己在平凡中举起，靠"自己"比靠"时代"为多，在成绩上莫重视自己，在希望上莫轻视自己。我想再过几年，我当可以有机会坐在卑微的可笑的地位上，看你向上腾举，为一切人所敬视的完人！我不是什么可尊敬的人，所以不教书于我实在也很有益，我是怕人尊敬的。可是不是一个好先生的我，因为生活教训得的多一点，很晓得要怎样来生活才是正当，且知道年轻一点的，应当如何来向上，把气力管束到学问上那些理由，有些地方又还可以做个榜样看，所以除了过去那件事很糊涂，其余时节，其余事情，我想我的偏见你都承认一点也好。被人爱实在是麻烦，有时我也感觉到，因为那随了爱而来的真是一串吓人头昏的字眼同事情，可是若果被爱的理由，不仅是一点青春动人的丰姿，却是品德智力一切的超越与完美，依我打算，却不会因怕被更多的人倾心，就把自己位置在一个平庸流俗人中生活，不去求至高完美的。我愿意你存一点不大安分的妄想去读书，使这时看不起你的人也爱敬你，若果要我做先生，我是只能说这个话的。我是明知道把一切使人敬重的机会完全失去以后，譬如爱你，到明知道你嫁给别人以后，还将为一点无所依据的妄想，按到我自己所能尽的力量到社会里去爬，想爬得比一切人都高的。解释人生，这点比较恰当。

庞杂繁乱的人生中，无处不显出它的矛盾冲突，如果没有了这许多矛盾冲突，任人生如何庞杂，如何繁乱，各人在自己的轨道中，或与自己有关系的人中，走着他和平合拍的道路，世界虽大，便永远是安静的，没有出轨的事情发生了。在这里我不能断定这出轨是人生的幸呢，还是不幸。一切是这样安排着，谁个能变更它呢？从文是这样一个有热血心肠的人，他呈了全副的心去爱一个女子，这女子知道他是好人，知道他爱的热诚，知道他在失恋后将会怎样的苦闷，知道……她实在是比什么人都知道得清楚，但是她不爱他，是谁个安排了这样不近情理的事，叫人人看了摇头？实在她心目中也并没有个理想的人物，恋爱也真奇怪，活像一副机关，碰巧一下子碰上机关，你就被关在恋爱的圈笼里面，你没有碰在机关上，便走进去也会走出来的。就是单只恋爱一件事上，这世界上也不知布了几多机网，年轻的人们随时有落网之虞；不过这个落网却被人认为幸福的就是，不幸的却是进去了又走出来的人。我要寄语退出网外的人，世界上这样的网罗正多着，你拣着你欢喜的碰上去就是，终不能这样凑巧，个个都凑不上机关。这样说起来似乎太近于滑稽了，然而确乎是如此。

（1930 年 7 月 15 日）

人生惟一重要的一件事

　　胡先生说恋爱是人生中的一件事，说恋爱是人生惟一的事乃妄人之言；我却以为恋爱虽非人生惟一的事，却是人生惟一重要的一件事，它能影响到人生其他的事，甚而至于整个人生，所以便有人说这是人生惟一的事。

　　这回，我在这件恋爱事件上窥得到一点我以前所未知道的人生。

　　昨日韦布 [1] 被捕。

　　……

（1930 年 7 月 18 日）

_____

[1]　韦布，张兆和的小舅舅。

附:

却只爱过一个正当最好年龄的人 [1]

××:

你们想（必）一定很快要放假了。我要玖到 ×× 来看看你，我说："玖，你去为我看看 ××，等于我自己见到了她。去时高兴一点，因为哥哥是以见到 ×× 为幸福的。"不知道玖来过没有？玖大约秋天要到北平女子大学学音乐，我预备秋天到青岛去。这两个地方都不像上海，你们将来有机会时，很可以到各处去看看。北平地方是非常好的，历史上保留下一些有意义极美丽的东西，物质生活极低，人极和平，春天各处可放风筝，夏天多花，秋天有云，冬天刮风落雪，气候使人严肃，同时也使人平静。×× 毕了业若还要读几年书，倒是来北平读书好。

你的戏不知已演过了没有？北平倒好，许多大教授也演戏，还有从女大毕业的，到各处台上去唱昆曲，也不为人

---

[1] 本篇系沈从文所写。

52

笑话。使戏子身分提高，北平是和上海稍稍不同的。

听说××到过你们学校演讲，不知说了些什么话。我是同她顶熟的一个人，我想她也一定同我初次上台差不多，除了红脸不会有再好的印象留给学生。这真是无办法的，我即或写了一百本书，把世界上一切人的言语都能写到文章上去，写得极其生动，也不会作一次体面的讲话。说话一定有什么天才，×××是大家明白的一个人，说话嗓子洪亮，使人倾倒，不管他说的是什么空话废话，天才还是存在的。

我给你那本书，《××》同《丈夫》都是我自己欢喜的，其中《丈夫》更保留到一个最好的记忆，因为那时我正在吴淞，因爱你到要发狂的情形下，一面给你写信，一面却在苦恼中写了这样一篇文章。我照例是这样子，做得出很傻的事，也写得出很多的文章，一面糊涂处到使别人生气，一面清明处却似乎比平时更适宜于做我自己的事。××，这时我来同你说这个，是当一个故事说到的，希望你不要因此感到难受。这是过去的事情，这些过去的事，等于我们那些死亡了最好的朋友，值得保留在记忆里，虽想到这些，使人也仍然十分惆怅，可是那已经成为过去了。这些随了岁月而消失的东西，都不能再在同样情形下再现了的，所以说，现在只有那一篇文章，代替我保留到一些生活的意义。这文章得到许多好评，我反而十分难过，任什么人皆不知道我为了什么原因，写出一篇这样的文章，使一些下等人皆以一个完美的人格出现。

我近日来看到过一篇文章，说到似乎下面的话："每人都有一种奴隶的德性，故世界上才有首领这东西出现，给人尊敬崇拜。因这奴隶的德性，为每一人不可少的东西，所以不崇拜首领的人，也总得选择一种机会低头到另一种事上去。"××，我在你面前，这德性也显然存的。为了尊敬你，使我看轻了我自己的一切事业。我先是不知道我为什么这样无用，所以还只想自己应当有用一点。到后看到那篇文章才明白，这奴隶的德性，原来是先天的。我们若都相信崇拜首领是一种人类自然行为，便不会再觉得崇拜女子有什么稀奇难懂了。

你注意一下，不要让我这个话又伤害到你的心情，因为我不是在窘你做什么你所做不到的事情，我只在告诉你，一个爱你的人，如何不能忘你的理由。我希望说到这些时，我们都能够快乐一点，如同读一本书一样，仿佛与当前的你我都没有多少关系，却同时是一本很好的书。

我还要说，你那个奴隶，为了他自己，为了别人起见，也努力想脱离羁绊过。当然这事做不到，因为不是一件容易事情。为了使你感到窘迫，使你觉得负疚，我以为很不好。我曾做过可笑的努力，极力去同另外一些人要好，到别人崇拜我愿意做我的奴隶时，我才明白，我不是一个首领，用不着别的女人用奴隶的心来服侍我，却愿意自己做奴隶，献上自己的心，给我所爱的人。我说我很顽固地爱你，这种话到现在还不能用别的话来代替，就因为这是我的奴性。

　　××，我求你，以后许可我做我要做的事，凡是我要向你说什么时，你都能当我是一个比较愚蠢还并不讨厌的人，让我有一种机会，说出一些有奴性的卑屈的话，这点点是你容易办到的。你莫想，每一次我说到"我爱你"时你就觉得受窘，你也不用说"我偏不爱你"，作为抗拒别人对你的倾心。你那打算是小孩子的打算，到事实上却毫无用处的。有些人对天成日成夜说："我赞美你，上帝！"有些人又成日成夜对人世的皇帝说："我赞美你，有权力的人！"你听到被称赞的"天"同"皇帝"，以及常常被称赞的日头同月亮，好的花，精致的艺术回答说"我偏不赞美你"的话没有？一切可称赞的，使人倾心的，都像天生就是这个世界的主人，他们管领一切，统治一切，都看得极其自然，毫不勉强。一个好人当然也就有权力使人倾倒，使人移易哀乐，变更性情，而自己却生存到一个高高的王座上，不必做任何声明。凡是能用自己各方面的美攫住别人的灵魂的，他就有无限威权，处置这些东西，他可以永远沉默，日头、云、花，这些例举不胜举。除了一只莺，他被人崇拜处，原是他的歌曲，不应当哑口外，其余被称赞的，大都是沉默的。××，你并不是一只莺。一个皇帝，吃任何阔气东西他都觉得不够，总得臣子恭维，用恭维作为营养，他才适意，因为恭维不甚得体，所以他有时还发气骂人，让人充军流血。××，你不会像皇帝。一个月亮可不是这样的，一个月亮不拘听到任何人赞美，不拘这赞美如何不得体，如何不恰当，它不拒绝这些从心中涌出的呼喊。××，你是我的月亮。你能听一个并不十分聪明的人，用各样声音，各样言语，向你说出各样的感想，而这感想却因为你的存在，如一个光明，照耀到我的生活里而起的，你不觉得这也是生存里一件有趣味的事吗？

"人生"原是一个宽泛的题目，但这上面说到的，也就是人生。

为帝王作颂的人，他用口舌"娱乐"到帝王，同时他也就"希望"到帝王。为月亮写诗的人，他从它照耀到身上的光明里，已就得到他所要的一切东西了。他是在感谢情形中而说话的，他感谢他能在某一时望到蓝天满月的一轮。

××，我看你同月亮一样……是的，我感谢我的幸运，仍常常为忧愁扼着，常常有苦恼（我想到这个时，我不能说我写这个信时还快乐）。因为一年内我们可以看过无数次月亮，而且走到任何地方去，照到我们头上的，还是那个月亮。这个无私的月不单是各处皆照到，并且从我们很小到老还是同样照到的。至于你，"人事"的云翳，却阻拦到我的眼睛，我不能常常看到我的月亮！一个白日带走了一点青春，日子虽不能毁坏我印象里你所给我的光明，却慢慢地使我不同了。"一个女子在诗人的诗中，永远不会老去，但诗人，他自己却老去了。"我想到这些，我十分忧郁了。生命都是太脆薄的一种东西，并不比一株花更经得住年月风雨，用对自然倾心的眼，反观人生，使我不能不觉得热情的可珍，而看重人与人凑巧的藤葛。在同一人事上，第二次的凑巧是不会有的。我生平只看过一回满月。我也安慰自己过，我说："我行过许多地方的桥，看过许多次数的云，喝过许多种类的酒，却只爱过一个正当最好年龄的人。我应当为自己庆幸……"这样安慰到自己也还是毫无用处，为"人生的飘忽"

这类感觉，我不能够忍受这件事来强作欢笑了。我的月亮就只在回忆里光明全圆，这悲哀，自然不是你用得着负疚的，因为并不是由于你爱不爱我。

仿佛有些方面是一个透明了人事的我，反而时时为这人生现象所苦，这无办法处，也是使我只想说明却反而窘了你的理由。

××，我希望这个信不是窘你的信。我把你当成我的神，敬重你，同时也要在一些方便上，诉说到即或是真神也很糊涂的心情。你高兴，你注意听一下，不高兴，不要那么注意吧。天下原有许多稀奇事情，我××××十年，都缺少能力解释到它，也不能用任何方法说明，譬如想到所爱的一个人的时候，血就流走得快了许多，全身就发热作寒，听到旁人提到这人的名字，就似乎又十分害怕，又十分快乐。究竟是什么原因，任何书上提到的都说不清楚，然而任何书上也总时常提到。"爱"解作一种病的名称，是一个法国心理学者的发明，那病的现象，大致就是上述所及的。

你是还没有害过这种病的人，所以你不知道它如何厉害。有些人永远不害这种病，正如有些人永远不患麻疹伤寒，所以还不大相信伤寒病使人发狂的事情。××，你能不害这种病，同时不理解别人这种病，也真是一种幸福。因为这病是与童心成为仇敌的，我愿意你是一个小孩子，真不必明白这些事。不过你却可以明白另一个爱你而害着这难受的病的痛苦的人，在任何情形下，却总想不到是要窘你的。我现在，并且也没有什么痛苦了，我很安静，我似乎为爱你而活着的，故只想怎么样好好地来生活。假使当真时间一晃就是十年，你那时或者还是眼前一样，或者已做了某某大学的一个教授，或者自己不再是小孩子，倒已成了许多小孩子的母亲，我们见到时，那真是有意思的事。任何一个作品上，以及任何一个世界名作作者的传记上，最动人的一章，总是那人与人纠纷藤葛的一章。许多诗是专为这点热情的指使而写出的，许多动人的诗，所写的就是这些事，我们能欣赏那些东西，为那些东西而感动，却照例轻视到自己，以及别人因受自己所影响而发生传奇的行为，这个事好像不大公平。因为这个理由，天将不许你长是小孩子。"自然"使苹果由青而黄，也一定使你在适当的时间里，转成一个"大人"。××，到你觉得你已经不是小孩子，愿意做大人时，我倒极希望知道你那时在什么地方做些什么事，有些什么感想。"葎苇"是易折的，"磐石"是难推的，我的生命等于"葎苇"，爱你的心希望

59

它能如"磐石"。

望到北平高空明蓝的天，使人只想下跪，你给我的影响恰如这天空，距离得那么远，我日里望着，晚上做梦，总梦到生着翅膀，向上飞举。向上飞去，便看到许多星子，都成为你的眼睛了。

××，莫生我的气，许我在梦里，用嘴吻你的脚，我的自卑处，是觉得如一个奴隶蹲到地下用嘴接近你的脚，也近于十分亵渎了你的。

我念到我自己所写到"萑苇是易折的，磐石是难动的"时候，我很悲哀。易折的萑苇，一生中，每当一次风吹过时，皆低下头去，然而风过后，便又重新立起了。只有你使它永远折伏，永远不再做立起的希望。

（1931 年 6 月）

20世纪30年代初的沈从文。沈龙朱绘

————

1931年8月沈从文应聘青岛大学讲师。1932年暑假去苏州看望刚毕业的张兆和，并向张家提亲。张父同意后，二姐张允和给沈从文发了个电报，上面只有一个字："允"，既是同意的意思也是发信人的名字。张兆和怕沈从文看不懂，又发电报："乡下人喝杯甜酒吧！"

张兆和与沈从文婚前于青岛崂山

———

1932年寒假，沈从文从青岛到上海，二人订婚后同返青岛，张兆和在山东大学
（青岛大学改名为山东大学）图书馆做西文编目工作。8月，沈从文辞去青岛大
学教职，到北平参加中小学教科书编辑工作。

（二）

多远的路程
多久的隔离

（1934—1938）书信

北平中山公园水榭。沈龙朱绘

———————

1933年9月，沈从文、张兆和在此举办婚礼。

1933年，张兆和与沈从文婚后在北平

1933年9月，张兆和与沈从文结婚。1934年1月，沈从文启程回湖南凤凰探望病危的母亲，历时一个月，其间二人靠写信联系，形成后来的散文《湘行散记》。2月中旬，沈从文母亲病故。同年11月，长子沈龙朱出生。

1935年夏，张兆和与沈从文在苏州

1937年5月，次子沈虎雏出生。"七七"事变后，沈从文扮作商人离开沦陷的北平，辗转到武汉。

1938年，张兆和在沦陷的北平，怀抱着长子沈龙朱

1938年，张兆和逃难时护照上的照片

———————

1938年1月，因为国立长沙临时大学准备西迁云南昆明，沈从文先行到达沅陵；4月在昆明的国立长沙临时大学改称国立西南联合大学（简称西南联大），沈从文于4月底到达昆明。同年11月，张兆和携子沈龙朱、沈虎雏和沈从文九妹沈岳萌经天津、上海、香港、越南到达昆明。

呈贡乌龍浦
沈朱 绘

云南呈贡乌龙浦。沈龙朱绘

1939年，沈从文被聘为西南联大师范学院国文系副教授。为躲避日机轰炸，张兆和携子迁居呈贡龙街乡下。1939—1943年这几年间，张兆和先后在云南呈贡友仁难童学校（乌龙浦）任义务国文老师，华侨中学（呈贡龙街子）任英文老师，呈贡县立中学任英文老师，而沈从文每周往返于城乡之间。

猛然想着你

二哥:

　　乍醒时，天才蒙蒙亮，猛然想着你，猛然想着你，心便跳跃不止。我什么都能放心，就只不放心路上不平靖，就只担心这个。因为你说的，那条道不容易走。我变得有些老太婆的迂气了，自打你决定回湘后，就总是不安，这不安在你走后似更甚。不会的，张大姐说，沈先生人好心好，一路有菩萨保佑，一定是风调雨顺一路平安到家的。不得已，也只得拿这些话来自宽自慰。虽是这么说，你一天不回来，我一天就不放心。一个月不回来，一个月中每朝醒来时，总免不了要心跳。还怪人担心吗？想想看，多远的路程多久的隔离啊。

　　你一定早到家了。希望在你见到此信时，这里也早已得到你报告平安的电信。妈妈见了你，心里一快乐，病一定也就好了。不知道你是不是照我们在家里说好的，为我们向妈妈同大哥特别问好。

昨天回来时，在车子上，四妹老拿膀子拐我。她惹我，说我会哭的，同九妹拿我开玩笑。我因为心里难受，一直没有理她们。今天我起得很早。精神也好，因为想着是替你做事，我要好好地做。我在给你写信，四妹伸头缩脑的。九妹问我要不要吃窠鸡子。我笑死了。

路上是不是很苦？这条路我从未走过，想像不到是什么情形，总是辛苦就是了。

我希望下午能得到你信。

兆和

一月八日晨

（1934 年 1 月 8 日　北平）

期待中把白日同黑夜送走

从文二哥：

只在于一句话的差别，情形就全不同了。三四个月来，我从不这个时候起来，从不不梳头、不洗脸，就拿起笔来写信的。只是一个人躺到床上，想到那为火车载着愈走愈远的一个，在暗淡的灯光下，红色毛毯中露出一个白白的脸。为了那张仿佛很近实在又极远的白脸，一时无法把捉得到，心里空虚得很！因此，每一丝声息，每一个墙外夜行人的步履声音，敲打在心上都发生了绝大的反响，又沉闷，又空洞。因此，我就起来了。我计算着，今晚到汉口，明天到长沙，自明天起，我应该加倍担着心，一直到得到你平安到家的信息为止。听你们说起这条道路之难行，不下于难于上青天的蜀道，有时想起来，又悔不应敦促你上路了。倘若当真路途中遇到什么困难，吃多少苦，受好些罪，那罪过，二哥，全数由我来承担吧。但只想想，你一到家，一家人为你兴奋着，暮年的病母能为你开怀一笑，古老城池的沉静空气也一定为你活泼起来，这么样，即或往返受二十六个日子的辛苦，也仍然是值得的。再说，再说这边的两只眼睛、一颗心，在如何一种焦急与期待中把白日同黑夜送走，忽然有一天，有那么一天，一个瘦小的身子挨进门来，那种欢喜，唉，那种欢喜，你叫我怎么说呢？总之，一切都是废话，让两边的人耐心地等待着，让时间把那个值得庆祝的日子带来吧。

现在，现在要轮到你来告诉我一些到家后的情形了。家里是怎么样欢迎你来着？老人家的精神是不是还好？你那大哥，是不是正如你所说的，卷起两只袖口，拿一把油油的锅铲忙出忙进？大哥大嫂三哥三嫂，你记着替我同九妹致意没有？尤其是大嫂，代替大家服侍了妈十几年，对她你应该致最大的尊敬。嫂嫂们，你记着，别太累她们。你到家见妈时，记着把那件脏得同抹布样子的袍子换下来，穿一件干净的吗？你应当时时注意妈妈房里空气的流通，谈话时，探听点老人家想吃点外面的什么东西，将来好寄。真的，有好些事我都忘了叮嘱你，直至走后才一件一件想起来，已来不及了……还有，到家后少出门，即或出门也以少发议论为妙。苗乡你是不暇去的了。听说你那个城子，要不了一会儿可以走遍，你是不是也看过一道？一切与十五年前有什么不同？

三三

九日侵晨

（1934年1月9日 北平）

74

把我二哥的身子吹成一块冰

亲爱的二哥：

　　你走了两天，便像过了许多日子似的。天气不好。你走后，大风也刮起来了，像是欺负人，发了狂似的到处粗暴地吼。这时候，夜间十点钟，听着树枝干间的怪声，想到你也许正下车，也许正过江，也许正紧随着一个挑行李的脚夫，默默地走那必须走的三里路。长沙的风是不是也会这么不怜悯地吼，把我二哥的身子吹成一块冰？为这风，我很发愁，就因为自己这时坐在温暖的屋子里，有了风，还把心吹得冰冷。我不知道二哥是怎么支持的。我告诉你我很发愁，那一点也不假，白日里，因为念着你，我用心用意地看了一堆稿子。到晚来，刮了这鬼风，就什么也做不下去了。有时想着十天以后，十天以后你到了家，想像着一家人的欢乐，也像沾了一些温暖，但那已是十天以后的事了，目前的十个日子真难挨！这样想来，不预先打电报回家，倒是顶好的办法了。

路那么长，交通那么不便，写一个信也要十天半月才得到，写信时同收信时的情形早不同了。比如说，你接到这信的时候，一定早到家了，也许正同哥哥弟弟在屋檐下晒太阳，也许正陪妈坐在房里，多半是陪着妈。房里有一盆红红的炭火，且照例老人家的炉火边正煨着一罐桂圆红枣，发出温甜的香味。你同妈说着白话，说东说西，有时还伸手摸摸妈衣服是不是穿得太薄。忽然，你三弟走进房来，送给你这个信。接到信，无疑地，你会快乐，但拆开信一看，愁呀冷呀的那么一大套，不是全然同你们的调子不谐和了吗？我很想写"二哥，我快乐极了，同九丫头跳呀蹦呀地闹了半天，因为算着你今天准可到家，晚上我们各人吃了三碗饭"，使你们更快乐。但那个信留到十天以后再写吧，你接到此信时，只想到我们当你看信也正在为你们高兴，就行了。

　　希望一家人快乐康健！

三三

九日晚

（1934 年 1 月 9 日　北平）

今天是什么日子

孟实[1] 已接四川大学聘，现已兼程赴川了。徽因已去天津。二弟四弟及姜国芬王树藏[2] 均返国，姜现住萧处。

二哥：

今天是什么日子？你在仆仆风尘中，不知还记得这个日子否[3]。早晨下了极大的雨，雷击震耳惊人，我哄着小弟弟，看到外面廊下积水成湖，猛地想到九月九日，心里转觉凄凉。自你走后，日子过得像慢又像快，不知不觉已经快一个月了。自从接到你廿七日南京来信后，三日未得书，计算日程，当已过武汉到长沙了。沿途各地寄来信件，约廿五封以上，按月日视之，似未有遗失，惟次第略有颠倒而已。

---

[1] 孟实，即朱光潜先生。

[2] 王树藏，萧乾前夫人。

[3] 1933年9月9日是沈从文、张兆和结婚的日子。

天津我曾发去五信，因你们住处再三迁移，致前四信均落于不可知中，只末一信由陶太太寄回。你天津来信，需时三日，烟台五六日，济南一星期以上，南京十日，武昌的信尚未得，你一天比一天离得我们远，此后长沙来信，当在半月以上了。长沙之行，不知杨先生[1]仍同阵否？你们工作，一时恐难进行，若一时无事可做，你回沅陵住一阵也好。你走以后，叔华、萧乾、健吾各有信来问及我们的平安，颇以我们的安危为虑，各处我已一一作复。健吾新搬了住处，在法界巨赖达路大兴里十七号，夏云亦有电来，住衡阳仙姬巷廿二号，你当各为他们去一信。真一[2]处我亦去了信，沪平通信，需时一月半月不等，常常后发的先到，先发的反后到。我们苏州全家俱已返肥，如此可以免去我一头挂虑。如寄信给大姊或爸爸，可写合肥龙门巷张公馆，二姊全家似亦在肥。我们这里一切都好，储米可吃到年底。现在我们已实行节食俭用，若能长此节省，余款亦可以支持过旧历年。生活版税卅九元已寄到，你不必写信去要，昨天常风又送来你评小树叶稿费十五元，还有祖春、长荣、老四稿费均在我处。祖春、

---

[1]　杨先生，指杨振声。杨1933年受教育部委托，主持编写北方中小学教科书，参与此工作的还有朱自清、沈从文等。

[2]　真一，指田真逸，简写为真一，沈从文的大姐夫。

长荣俱于上月离平，说是先到济南再定行止。长荣临行时来借去十元，戴七兄亦借去十元，他们身边只有限的几个钱。他们走后钱倒来了，这钱我无法寄出，只有暂时代为保存。我们在家平常深居简出，北平市面比一月以前更形萧条，入晚夜静，枪声时有所闻，城内尚安，奇怪的是西长安街的两大戏院却常常是满座。刘先生父女极爱听戏，他们同杨小姐去听过两次。杨先生来信，至今未提及家中人与物的安置，杨弟弟不日去燕大，杨小姐可以与我同住三叔家，困难的是书画、家具无处存放，杨小姐因此层困难，又舍不得这院落，想请刘先生父女与她同住厢房，上房找熟人来住，今天就由郑先生带来某先生，惜乎这位先生娶的是位友邦的太太，我们觉得这件事得待考虑。事实上刘先生若艺专不开学，即刻就想回蓬莱的，最多只能在此住一二月。若一二月以后他们仍旧得回去，倒不如一劳永逸，此时就有个决定的好。刘先生建议杨小姐同他回去，杨小姐因感家乡匪多不愿回。事实上此时路上比你们走时更难，天津不好走，女眷尤甚。又想找几间房子叫翟明德看东西，她自己同我住，又怕长此下去费用太多，想来想去累在这些家家伙伙上面。因为杨先生临行时没有吩咐，杨小姐不知应如何处置，杨先生若与你同在，请你问一声回个信。有个你的同乡叫杨沛芸（又叫秀钧）的，来信问及熊秉公地址，此人亦在宣城。万孚的弟弟朱[1]亦有信给你，问你可曾看见他在《晨报》上对你文章的批评。家中可不必惦念，小龙瘦而精神，问及爸爸时，总说："爸爸到上海替我买大汽车，买可可糖。"虎雏十分壮健，驯白爱人。"遥怜小儿女，未解忆长安"，他们哥儿俩你不必挂念了。有信望寄三叔家，搬不搬寄到那里总收得到。望你保重。

三妹

九月九日

整整四年了

（1937 年 9 月 9 日　北平）

---

[1] 朱，即程朱溪，笔名朱溪。

这场战争什么时候才有结果

二哥：

　　生日同秋节都过去了。已经是两个小孩的母亲，每到这种节日，还不免像小孩一样有所感触。今年这边中秋节过得真热闹，大街小市，到处张灯结彩，盛况空前。我同九妹、龙朱到三叔家拜节，吃过饭回来，西单鼓楼人山人海。有如过年时厂甸情形。晚间在廊前赏月，杨起有一个很大很大的兔二（儿）爷也搬出来了。小龙本来早就嚷着要睡觉，后来听到月饼二字，忽然精神抖擞，唱歌、跳舞、操操、亲热人、做小脚走路，样样都来，供完兔二（儿）爷，尝了一点点月饼，也就心满意足，临去睡时，还对着剩下的月饼告诉人：明天吃。

　　我们在阶前坐了很久，大家有一份惋惜的心情，光景太美，就越叫人难舍。现在好了，杨小姐已于昨日搬去刘先生家同住，我们亦拟于一星期后搬回西城，庭院空寂，光景十分凄凉。

本来抱定决心在北平住下，最近听听大家你言我语，觉得也颇有考虑之必要。一来为来源断绝担着心，二来看北平熟人陆续走尽。徽因、钱太太、张太太已走，朱太太也有回川的意思，前天来问我们能同行否。我们三人情形不同，杨小姐能走而不愿走，九妹愿走而不能走，我呢，有着乡下老太婆死守家园的固执，情愿把孙儿媳妇一齐打发走了，独自一个人看家。

前两天整理书信，觉得更不愿意走了，我们有许多太美丽太可爱的信件，这时候带着麻烦，弃之可惜。这还只书信而言，另外还有你一大堆乱七八糟的书籍文稿，若我此时空身南下，此后这些东西无人清理，也就只有永远丢弃了。

北平十余天不闻炮声，真像是天下太平，住在这里比什么地方都安全，想着广州、南京正炸得不成样子，上海、平绥、平汉、津浦各线一天不知有多少年轻人的死亡，对于这种安全实在心有所愧。有人劝我们，在留下尽够南下路费时，应即南下，但我们若留此，至少有四个月安定，而四个月以后两个小孩也就长大不少。若此时动身，无论到安徽、湖南，生活即刻就发生困难，我不愿意南来累赘你，到合肥住也许将来还是必经的阶段。

我不知道你余款尚能支持多久，工作只你一个人如何进行，文章还写不写？我顶惦记着你那个中篇[1]，这时候，接下去好呢，还是就任它停止了？你要什么东西望来信时一一注明，乘这时津浦线还能通行尽可能多寄点给你，若战事延长一年半载，则此惟一孔道，势必亦将断绝，到音书完全断绝时，那真有点急人了。

前次寄包裹内有被面、被单、衬绒袍各一，家制布衬衫两件，你喜欢穿的也给寄来了。你写字的宣纸同好图章要不要？我还想寄一两个瓷盘子给你。那块花缎不日即寄，问邮局，说包裹虽寄，何日可到不得而知，路上一定耽搁极久，久一点不要紧，我真怕它丢掉了。

小孩你可全不用担心，你走后数日，小龙即能自己吃饭，用银勺，坐着吃，吃时极认真，绝不东走西跑，吃的东西与我们相同，所多者牛奶、黄油、馒头、毛豆每天必食而已。小弟弟尤其可喜，整日整夜地睡，自己的奶已足够他吃，已有一个月不添奶粉了。现在小脸、两腿、两胳膊俱见丰满圆润，醒时有人招他玩便咯咯大笑，人走了便自言自语玩手，

---

[1] 中篇，指《小砦》。

乖极了，一点也不麻烦人，我现在是真欢喜他。

龙的相片是你带他到公园照的。龙早已不吃桔子，北平今年白梨、鸭梨都丰收，因无出路，特别便宜（二十枚一斤），现在就给龙吃梨。小弟是什么养人补品都不吃，长得胖得很。徐妈及厨子工钱加了甫及两月，暂时不好减去，拟迟迟再说。家里钱若省俭用，可以支持到旧历年后，但若买煤，给小孩们添置点冬衣，就不行了，还有九妹没有一件厚大衣（两件皮大衣都不知去向），那怎么行？若用钱不多，到时有富裕，打算为她做一件。

龙画的毛三爷寄你看看。他告诉我，哪是手，哪是耳朵。眼睛、鼻子、嘴，甚而至于毛三爷的三根毛都画出来了，小龙的进步真惊人。我在家里闲着做点什么事呢，又闲，又不定心，真的这场战争什么时候才有结果！

问候叔华他们。

三

廿六年九月廿四日

所要讲义汪和宗整理好后即寄来。

（1937 年 9 月 24 日　北平）

我想着你那性格便十分担忧

二哥:

一星期未见你信,今天才得你寄西城两信,廿二日平快和廿四日平信同时得到。

这两封信算是你九月十五以来第一次来信,我猜想还有许多信存在鼓楼邮局,不久就会转来的。

萧乾、之琳、曹禺他们全都到武昌,武汉的骤形热闹而成为朋友们聚会的中心,真是不可思议的。听说徽因一家人已到长沙,不知你们见过否?为什么你又得搬家?先住的房子是借住的吗?现在同萧乾夫妇同住外还有谁?为什么这时候还租那么大的房子?年内还有四个月,你想不想过怎么支持下去?就算年内挨过,明年你们的事情还能继续吗?

我想着你那性格便十分担忧,你是到赤手空拳的时候还是十分爱好要面子的,不到最后一个铜子花掉后不肯安心做事。希望你现在生活能从简,一切无谓虚糜应酬更可省略,你无妨告诉人家,你现在不名一文,为什么还要打肿脸充胖子?我这三四年来就为你装胖子装得够苦了。你的面子糊好了,我的面子丢掉了,面子丢掉不要紧,反正里外不讨好,大家都难过。所要钱我已写信给大姊,她当会如数寄二百元给你,这边所剩无多不能寄你。在南边朋友多熟人多,有的是办法,我们这里朋友都走空了,不走的自己都顾不全,一旦经济断绝,叫我们怎么办?

信写至此,接到你十七、十八、十九、廿各信,全是由国祥胡同转来,三婶在院子里嚷:"沈先生一天来六封信,真不得了!"朱干干[1]连连为你快信、平快信的邮票可惜。按道理说,快信平快全然毫无用处,不比平常,现在反而比平信慢,每次如此。

你要的小学课本已在两星期前分别包了三包用挂号寄来,封皮上写的是陈通伯收,此时想已收到,收不到你去陈家问问。

我现在专等你收到包裹的回信到平,即刻为你寄丝棉袍厚呢裤,还有钢笔尖、袖扣、窗纱、写字的墨,不都是你要的?

---

[1] 干干,方言,指带孩子而不喂奶的长者。下文"朱干"为"朱干干"之略写。

邮件全由陈小莹家转是不是太麻烦人家？可否直接寄三八三号，我怕你又搬了新住处，故此信仍由叔华转。

小龙仍然瘦，精神可好。鱼肝油不是这非常时期的必需品，饮食间注意点就行了。小虎越发长得可爱，有小拜拜的样子。小龙太懂事，像个小大人，聪明但不如小虎好玩。徐妈厨子工钱才加了两个月，不便又减。你不在家，其实厨子此时可以不用，可是厨子人老实，徐妈主意多，然徐妈又最得用。将来到南边住家绝对自己操作，少用人少烦些。

又接到你寄中和[1]明片同九妹的信。

兆

廿六年十月五日

（1937年10月5日　北平）

---

[1]　中和，张兆和的堂弟张中和。

下次谈好一点的

二哥:

昨晚得你快信，今天上午接杨先生由石坦安转来一信，仍有希望我们南来的话。梁先生梁太太已不打算南下，樊先生已到，今天杨小姐向我商量，是否应同他一起走。

前几天只听到这里炸那里炸，好像随便走到哪里，随时都会有炸弹从头上掉来，因此大家已决定不走。这几天仿佛情形又转好一点，虽说樊先生是由广东来的，但此去听说拟由济南走。我仍然不打算走。我好像算定这场战事不久就会了结，非常乐观，我希望到明年春暖以后，再从从容容地上路，或者欢迎你们北来。杨小姐也不想走，但要等杨起决定，因为他读书问题在首要。他们若走，为时一定很匆忙，他们不走，汪也会把杨先生的衣物送到珞珈山来。我捡了一下箱子，也想请他为你带点衣服来，捡来捡去，你实在没有什么衣服。一件衬绒，一件驼绒，一条厚呢裤，若不付邮，此时由他带来，或者还可以赶得及穿。家里只剩下一件丝棉袍、一件厚驼绒袍了，而且脏的脏，破的破，实在见不得人。我本想给你换过面子的，一来舍不得钱，二来时间来不及，送到时你自己换吧。汪同樊先生同行，大概是什么书也带不了的，你要的《小砦》与《神巫之爱》我怕遗失，暂时不寄。教科书已托正仪请人由天津寄出，不知能否收到。包裹第一次九月十五寄出，第二次十月八日，若不能得到，实在可惜，因里面有你心爱的那块缎子。听卓先生说，他们寄上海的包裹，居然可以收到，但为时亦在两月，也许你不久也就可以收到。

大姊寄的钱既收到，应先还给之琳，我在这里收了他百二十元。另外由八姊处取五十，你置一点衣服吧。家里钱连之琳、祖春等稿费足可以支持到阴历年后，煤已买了三吨，预备只生两个炉子，九妹同朱干对调，我房烟筒通过去就行了。厨子我预备过了阴历年再辞，可是看到他近来做事极负责，处处小心的样子，心里不忍，存了心要不用他，见了他总觉得有点抱歉；但若用下去实在是浪费。将来我们若不住北平，在别处安家，一定力求简单，不多用人，什么事自己动动手，顶多用两个女工，一个看孩子，一个烧饭打杂足了。

黄先生钱已还来，她一定要还我，我把杨先生的一半已交给杨小姐，我这一半暂存这里，等她需用时再借给她，我知道她收到钱不多，一时又走不掉，将来仍然很窘的。我并没有写信家去要爸爸寄钱来。你晓得我家那位令堂的脾气的，为什么给爸爸找气受？再说，自己能挨总想挨过去不求人好，我平常未雨绸缪原因即在此，我最怕开口求人，即或是自己的父亲，但现在不似从前了。你平常总怪我太刻苦自己，因小失大，现在该知道我不错了。家里谁都不懂节俭，事情要我问，我不省怎么办？就以现在说，再省再省也迟了。你那边能自己供应，能办到不借钱更好，万不得已也只能以极小度借贷，杨先生钱亦不多，而况他用处较广，由他给杨小姐信可知。你万万不可再向他借了。

我很奇怪，为什么我们一分开，你就完全变了，由你信上看来，你是个爱清洁、讲卫生、耐劳苦、能节俭的人，可是一到我一起便全不同了，脸也不洗了，澡也不洗了，衣服上全是油污墨迹，但吃东西买东西越讲究越贵越好，就你这些习惯说来，完全不是我所喜爱的。我不喜欢打肿了脸装胖子外面光辉，你有你的本色，不是绅士而冒充绅士总不免勉强，就我们情形能过怎样日子就过怎样日子。

我情愿躬持井臼，自己操作不以为苦，只要我们能够适应自己的环境就好了。这一战以后，更不许可我们在不必要的上面有所奢求有所浪费。我们的精力，一面要节省，一面要对国家尽量贡献，应一扫以前的习惯，切实从内里面做起，不在表面上讲求，不许你再逼我穿高跟鞋、烫头发了，不许你用因怕我把一双手弄粗糙为理由而不叫我洗东西做事了，吃的东西无所谓好坏，穿的用的无所谓讲究不讲究，能够活下去已是造化，我们应该怎样来使用这生命而不使他归于无用才好。我希望我们能从这方面努力。一个写作的人，精神在那些琐琐外表的事情上浪费了实在可惜，你有你本来面目，干净的，纯朴的，罩任何种面具都不会合式。你本来是个好人，可惜的给各种不合式的花样给 Spoil[1] 了，这只是就一点而言，以后我们还得谈，还有许多浪费精神的事，是我所深知的，也是你所深知的，可是说过多少遍你不听，我还得说，不管你嫌烦不嫌烦，还得说。

你看，我一写起信来，总是絮絮不休，你一定不喜欢这样的信，为什么我就那么不会写，我原想同你亲亲热热说点体己话的，不知不觉就来了这一套，像说教的老太婆，

---

[1] Spoil，损坏、糟蹋、搞糟。

带住了，下次谈好一点的，原谅我。

三妹

十月廿五晚

（1937 年 10 月 25 日　北平）

北平不能久留

晚

你写的字已分大小两卷挂号寄出。

碧 [1]：

把蔚、起 [2] 送上火车，回来心里轻松不少。其实谁住在这里也不要我负什么责任，因为北平与其不能久留，走一个我总觉得轻松许多。他们乘十三号的船，本来打算走青岛，临上车忽然又听樊太太说走广东，也许还要坐一段飞机，这一来可麻烦了，路上的耽搁一定不少，什么时候到长沙就不得而知了。

这次我的坚留不走，真可算不错，不然路上二十来天的颠簸，大大小小六口人，就说路费他们借给我，孩子们

---

[1] 碧，沈从文曾用"上官碧"作为笔名。
[2] 蔚、起，指杨蔚、杨起姐弟，杨振声的儿女。

同我到地后一定都得生一场大病。他们的走我觉得很对，因为这件事迟早得办，解决了总比悬着的好。并且他们走了同时也解决了我不走的决心。他们不走我虽也打算不走，但总有一个走的机会，现在是非到明年才能打走的主意了。不能与他们同行我觉得对杨先生很抱歉，因杨先生曾叫他们借路费给我们同行，种种情形望你写信同杨先生说说。蔚走时留下一百元给我，这个钱她本来预备九妹与她同行做路费的，九妹不走，这钱她一定要留下给我，她说路上不敢多带，我就收下了。

下午关先生又送来健吾百元，健吾怕我们在此受窘，虽然我写信去说你暂时不能有款还他，不敢收用，他仍然要关先生送来给我。我还没有收到李先生给我的复信，此款暂时代收，如若他要，随时可以汇给他。我不知道明年你的工作是否还可以继续，即能继续，除维持生活外，是否还有力量还债，所以各方面虽然都愿意接济我，我却不敢收受。关于李先生的钱事为什么你总没有回我？我好像在几封信中都提过了。

杨小姐来，我托她带一部楷帖，一个枕套（枕瓢由汪带来），一条皮带，另外还有两个盘子，一个是你今年花二元在厂甸买的那个五彩鸳鸯戏荷大盘子，一个是西番莲边有小孔眼的小盘子，两个都很厚实，塞在他们行李囊内绝不会碰坏。只是他们走粤汉路，这东西不知要到什么时候才能带到了。我们住这里你可以放心又放心，不要看到他们到后又着急。

九妹先虽愿意南来，后来也觉得单独南来不妥，大家都安分地过日子，总不做到使你难过的地步。愿你也特别谨慎小心，这年头谁也不忍对自己将来怀多大奢望，慢慢刻苦地过着说罢。

午后我为你抄了几节《晨报》副刊上的小诗小文，三本副刊是松坡图书馆的，抄完了我打算送给塞先生。对你文章中所记以前饿肚子的情况我很难过，碧是受过这样苦日子来着吗？

三三

（1937 年 11 月 9 日　北平）

南京完了

晨

二哥：

接到你廿三日的信，得知三哥病了的消息[1]，我们真非常难过，九妹流了许多眼泪，不过这也没有法子，幸而生的是这种病，我们除难过而外，对三哥却有无限敬意，写信时请告诉他，住在北方的我们，连同两个孩子在内，对他致深切的慰问和无上的敬礼。现在我们亟于要知道的，他的症状碍不碍事，有无完全复原的希望，希望上天同一切的神灵保佑他，使他得归于平安。

信写至此，报来了，看到报纸上鲜明的几行红字，南京完了！真快，这使我们不解。这里预备南京陷落，早已筹

---

[1] 三哥，即沈从文的弟弟沈荃（字叠余），陆军团长。三哥病了的消息，指沈荃在浙江嘉善狙击日军血战中负伤的消息。

备庆祝大会,今天九时将放炮庆祝,明天将张灯结彩,吹吹打打,大举游行,热闹盛况,较之保定、太原陷落时当更过之,无不及也。

算算日子,杨小姐等早该到了,我这里已接得她廿三号由香港来的信,由香港到长沙,有樊先生等同行,途中安危当早顾虑到,只是我卅号拍一电至长沙,至今未得复,不知何故。

来信说钱又完了,杨先生也窘。幸而我们未冒险上路,这一大家人到了武汉,路费还不够,你说怎么办!难道全累倒杨先生吗?说不过去。完全仰仗爸爸给寄钱,你那位丈母娘大人的脾气你难道还不知道,人情冷暖,我们非至万不得已时,勿遭人白眼才是。现在健吾既三番四次把钱给我们用,暂时日子有的过,只要大家苦苦地把难关渡过,精神好,身体好,一切都好办。希望你懂事一点,勿以暂时别离为意。我的坚持不动原早顾虑及此,留在这里也硬着头皮捏一把汗,因为责任太大,一家人的担子全在我身上。我为什么不落得把这担子卸到你身上,你到这时自可以明白。你当时来信责备得我好凶,你完全凭着一时的冲动,殊不知我的不合作到后来反而是同你合作了。

今天礼拜六也许可以见到王正仪，他不来，我拟去找他。钱拟付给他一百元。接到电报后即可去八姊处取钱。望省俭着用！

余不赘，颂安。

三妹

十二月十一

（1937年12月11日　北平）

故乡虽好不能久待

晨一时三十五分

碧：

　　这几天天气太好，太阳照人温暖如小春时分，天气好得简直叫人生气。夜来一片月色，照在西窗上清辉适人。十二点，我起来给小弟弟吃一遍奶，吃完奶又把他身底下湿片换了。小东西像是懂得舒服似的，睁大了一双黑眼憨憨地笑，过后又把一只大拇指插进口中，吃吃唔唔入于半眠状态中了。小龙现在白天不睡，身上既不痒，晚间睡得沉熟，开灯轻易不会醒来。睡得红红的小脸，下部较你在时丰腴得多，头发三个月未剪，已过耳齐眉，闭着眼，蜷着身子，两只膀子总是放在被外边，身上放散着孩子特有的温香。我捏熄了灯，可是想到你白天来的两封挂号信，想这样，想那样，许久不能成寐。这几天我想的可太多了。种种不容人只图

100

眼前安逸，不把眼光放射得远一点。我觉得我们以前的生活方式是一种错误，太舒服了，不是中国人的境遇所许可的。一次战争，一回淘汰，一种实验，死的整千整万地死去，活着的却与灾难和厄运同在，你所说的"怎样才配活下去"，正是我想了又想的。我脑筋十分清晰，可是心难免有点乱。我不知道你此时是否在武昌，抑或已同那一群不同姓氏却同患难的亲友，经过若干风涛险滩，到了你故乡那个小乡城了。我觉得故乡虽好，却不能久待，暂时避难则可，欲图谋个人事业发展，故乡往往是最能陷人的。杨先生事情多，恐怕也不能隐身到内地去。杨家姊弟若无处可住，你把他们安插到辰州倒好。小五弟若能回家，顶好是让他同家里人在一起；家乡不能去，你就带着他跑吧。至于我这里，你可以完全放心，不论你走多远，我同孩子总贴着你极近。前一礼拜挂号寄出孩子相片多张，不知你是否可以得到。希望你常常想念着我们。苏州家屋毁于炮火，正是千万人同遭命运，无话可说。我可惜的是爸爸祖传下的许多书籍，此后购置齐备不可能了。至于我们的东西，衣物瓷器不足惜，有两件东西毁了是叫我非常难过的。一是大大的相片，一是婚前你给我的信札，包括第一封你亲手交给我的到住在北平公寓为止的全部，即所谓的情书也者。那些信是我俩生活最有意义的记载，也是将来数百年后人家研究你最好的史料，多美丽、多精采、多凄凉、多丰富的情感生活记录，一下子全完了，全沦为灰烬！多么无可挽救的损失啊！我惟一的希望是大姊回乡时会收检一下我的东西，看是否有重要的应当带走，因而我们的信件由此得救，可是你来信却说大姊他们走时连衣物都未及带，我的东西当然更顾不到了。我现在的惟一希望是我们的房子能幸免于难，即或房子毁了，东西不至于全部烧毁，如有好事的窃贼，在破砖碎瓦中发现这些宝贝，马上保存起来，将来庶几可以同它们见面，我希望如此。为这些东西的毁去我非常难过，因为这是不可再得的，我们的青春、哀乐，统统在里面，不能第二次再来的！我懊悔前年不该无缘无故跑苏州那么一趟，当时以为可以带了它们到苏州避难，临回北方来时又以为苏州比北平安全，又不曾带来，又不曾交把大姊或一个别人，就只一包一包扎好放在那个大铁箱子里，铁箱既无锁匙留下，她们绝不会打开看看，真是命运！

杨家姊弟到底到了没有？我挂念得很！

你那边来的信件十有九被检查，此去信件不知也被检否？请你注意一下，我的信是否按次能收到？复我。

信得后，无论你在哪里，可写信请八姊寄一百元给你，因前天已付王正仪百元。如已得，就不必提了。

　　祝安好

叔文 [1]

（1937 年 12 月 14 日　北平）

---

[1]　叔文，张兆和之笔名。

连日心乱如麻

九月十九日信，抄出未见寄来。

从文：

几件事情使我连日心乱如麻，不知如何是好：第一，不知道你行止如何，是向家乡走，还是上成都，还是留下不动？每一条路都似有问题；第二，杨小姐姊弟至今不得消息，发电至长沙，不见作复，昨又寄去一快信；第三，我们此后的生活问题。来信说，等杨小姐等到时，就同他们到沅陵家中住下，这在减轻杨先生担负上讲，自是合理的，但你是否顾虑到两点：一、历次据大姊来信谈，沅陵宅中居住外客颇多，前此九妹欲还乡，你们犹言不可，此次你带大批人马前去，是否应先写信通知一下大哥同三哥，勿给他们太多不便，不致事到临头，你把这一批人无处安置！二、你现经济来源完全枯绝，虽然杨家众人日常食用不需你筹办，但你手头无一钱，做主人实非易易，难道回去累着哥哥、兄弟吗？这也许是我的过虑，你也许全已想过，但我看你平时计划什么，往往所见不远，往往顾此失彼，因此常会轻诺寡信，不但事无结果，往往招致罪尤，这在你过去生活，正不乏这样的例，我不能不为你担忧。只是你那边如何决定、如何行事，应早已有定规，我信到时，殆已事过境迁，本属无用，不过我所见如此，不能不略向你一述罢了。杨小姐一行人至今不到，即令中途无险厄，久住香港，进退两难，也是非常讨厌的事。起弟南来，原为杨先生来信有"就父读书"之言，若到了武汉又得逃难，倒不如留此不动，在这里至少读书不会有妨碍，在生活方面也可减轻杨先生许多负担，若在香港久留，耗费必多，何时能到，犹不可言。总之他们此次走得太不凑巧，你也不必责这个怪那个。前些信你担心他们走胶济遇险，怪我单让他们上路，以为走香港较好，此来既得他们到港电报，又知道走胶济的人已安到，而他们仍无到达的消息，又怪樊先生人大胆小，不该走粤汉。其实身历其境的人，每一举一动，都是经过考虑的，正不同你高踞山中，单只运用脑子，以为这样好、那样不好，翻来复去，复去又翻来，别人把事情办好了，你无话可说，一遇蹩扭，就有你责难的了。我是同你在一起受你责难最多的一个人，我希望你凡看一件事情，也应替人想想，用一张口，开阖之间多容易啊，这是说你对日常事物而言，惟其你有这样缺点，你不适宜于写评论文章，想得细，但不周密，见到别人之短，却看不到一己之病，说得多，做得少，所以你写的短评杂论，就以我这不通之人看来，都觉不妥之处太多。以前你还听我的建议，略加修改，近一二年你写小文章简直不叫我看了，你觉得我是"不可与谈"的人，我还有什么可说！不过我觉得你的长处，不在这方面，你放弃了你可以美丽动人小说的精力，把来支离破碎，写这种一撅一撅不痛不痒讽世讥人的短文，未免太可惜。本来可以成功无缝天衣的材料，把来撕得一丝丝一缕缕，看了叫人心疼。我说得太直了，希望你不要见怪。说到我们此后生活问题，你所见较大较远方面，我都一一同意，但就较近较切身的眼前生活而言，虽然暂时可无问题，但若果真你的工作明年不能继续，我希望你要早一点想办法才好。固然，凌晏池答应你可以有你一年的饭吃，我这里要合肥家里接济总也不会遭拒绝，但我们就能安于此吗？我希望的是能不求人最好，即或是自家爸，你应该知道我的苦衷，假如我自己母亲活着，想想看，现在还待我开口求助吗？你懂得我这点心情，你写信到合肥时，无论是给大姊或宗弟，请不要提到要爸爸帮助我的话，到不得已时，等我自己写信，这话由你口中说出去，我不愿意。这不大妥当，你知道的。

曾到邮局问过，所寄包裹，据云不致遗失，因车皮缺乏，包裹至少要三个月始能到。我第一次寄包裹的日期是九月十五号，寄交陈通伯；第二次十月八号，交凌叔华；一大包书亦交通伯，为十一月五日寄，如你稍缓时日再他适，包裹当可收到。如必得他去，请一妥当人代收或请邮局一一为你转去。写信时应该把你所有的名字都写给邮局，因为我的信不一定写哪个名字。

葡萄架旁那一方地，夏天种茄子的，冬天泼水成冰，便成了家中大小孩子的溜冰场。你的冰鞋大妹妹穿得，四妹的小二妹穿正好，小龙穿着双棉鞋也到冰上去溜冰，大家常被三婶妈大嚷大骂叫回来。

三

十二月十七

（1937 年 12 月 17 日　北平）

我现在的焦灼

二哥：

接到你七日来信，一礼拜过去，昨天又才收到你十日的信，我也许久不曾给你写信，这期间我曾病了几天，发一天烧，睡了一天，现在已全好了，孩子们都好，你可以放心。

杨家姊弟平安到了，真是谢天谢地！我真为他们捏一把汗。

十日信言月底以后你的住址应有变动，此信到时，你人应已不在山中，这个信不知什么时候才可以得到。我希望不久可以得到你信，告诉我一定行止，也好叫我定心一点。

来信说那种废话，什么自由不自由的，我不爱听，以后不许你讲。你又不同得余[1]，脑筋里想那些，完全由于太优裕的缘故，此后再写那样话我不回你信了。

---

[1] 得余，沈叠余常简写为得余。

我现在焦灼的是我们以后的生活问题，我们已经负下了债，再下去还要负得更多，你好像有人能够给钱给我们用就很好了，我想起来却非常着急。"假如平时每月可以留下五十元，在这时候不会不无小补吧。"这样的话，你以前听着会嗤之以鼻的，现在也是，将来也还是。本来嘛，谁知道将来是个什么世界，这正是给大家一个反省的机会。我还恨我们的生活不够窘迫，不能身经目击那许多变乱，彻底改造我们的生活，扫除一切虚伪的绅士小姐习性！我们都自己觉得太聪明一点，觉得比人超过一等，因此平时总觉得这件事别人能做，我不能做，不屑做。这以后，不做，看大家怎么办！我希望战事不久可以告一段落，容我有机会用我自己的手来养我自己，养我孩子。我希望有这样训练的机会。你说译书，现在还说译书，完全是梦话。一来我自己无时间无闲情，再说译那东西给谁看？谁还看那个？文学也者，尤其是经过一道翻译的别人家的东西，这时候还是收敛了吧。

三

十二月廿九

（1937 年 12 月 29 日　北平）

消散去我心上的迷雾

飘零第一　下午三时

甲辰[1]:

　　前昨两日接连收到紫一、紫八、紫九及卅日信四件，紫二、紫三则在月初即得。初以为济南发生变化，此后信由香港绕道北来，必在一月左右，不想最近一信，二十日即到，虽则次序排列颠倒得太厉害，有的还不曾送到，虽然如此，消息还不致完全断绝，亦云幸矣。此后你作万里云南之行，书信每一往复，逾一月二月就不可知了。云南号称蛮夷之邦，地多瘴疠，不知你可能服那方的水土? 现在公路既通，一切应当不同一点。那边熟人除徽因一家外还有谁? 同行还有何人? 到那地方想仍继续以前编书工作，汪和宗当亦同行，

---

[1]　甲辰，沈从文笔名之一。

110

如此，杨小姐一家人做何打算？盼一一见告。你说夏云行将北来，听了真叫我高兴。这边熟朋友全走了，住下来实在乏味，夏云来我们多个熟人热闹热闹，况且他是从你身边来的，是半年来第一个从你身边走来的人，我是多么热切地盼望他快来啊。我盼望他能告诉我你的近况以及你未来的打算，还有你对于我们的种种，我愿意听听你的意见。前天黄先生来此，她半月内即南下，由香港返湘。她劝我们最好能早行，因战事扩大，这地方难免不被波及，且长此下去，生活无着，越陷越深，更不可拔。我因种种问题，仍未断然决定，一因路费不足，二因天气尚寒，三则你的居处无定，跑到长沙，还得往你身边跑，这么长的路程是不是孩子们所能受得了的，种种都待考虑。我想迟一两月再看情形，也许先到上海，到上海虽不是好办法，但总算走了几分之几的路程，离你们近一点，有落脚的地方，休息一月半月再往南走。我这计划能否实现，要看彼时局势及自己经济情形如何决定。来信说已得了钱，如果可以寄来，我们有了路费，随时可以上路，我也胆壮多了。不知道你领的是不是如以前的数目？这边已领过健吾三个月的钱，计三百元，希望你从那边寄还他，此后他的钱就请基金会径寄上海，我不再领了。之琳款寄不去，我为代收，每月八十，自二月份起由我取用（十月百二十元交我手，十一月寄川，十二月、一月由念生太太取去），他若需用你寄点把他。此外你借用杨先生二姊的钱，希望你尽可能地还清他。我们个人生活清苦一点无妨，现在谈不到享受，能以不饥不寒就很好了，举债过多不还，将来越积越多，添增累赘，希望这一点你能听我的话。上月十四日王正仪曾拍一电给八姊，请她由家里付你百元，现在知道电报在路上也得走个十天半月，所以你离武汉若在廿日前后，此款必不能得，究竟如何，来信盼一提及。如已不需，告诉我，我将仍从正仪处把钱取回。一星期前曾寄一信至沅陵，当时因多日不得你信，不知详情，颇觉纳闷，信寄家中由你大哥转，当可送到你手边。在那信中我曾说到想谋一小事做做，现在则似不必须了，我们在此既不能久留，一切不谈。

来信说，不管我们离得多远，你将为我好好地做人，将为孩子做个好父亲，使他们将来以有你这样一个父亲为荣。听这个话，我心里熨贴极了，我希望你真能做到，我希望这不是一句空话，不是一时拿来安慰我的空话。我现在身体很好，精神有时振作，有时又十分萎靡。我不知道你现在置身何所，想到你有那样一个艰苦的旅途，想到你越走越远，我们不知要经过若干时日、若干困难始能会面，心中自不免难过。孩子在我身边，身体不会坏（不乱吃东西），习惯不会坏，只是妈妈是个性情太收敛的人，只担心孩子们个性不发扬，怯弱、无能，如同妈妈一样。不过小龙就比我泼辣，嘴也比妈妈强。小龙常常想念你，要到爸爸家去。我说："我们一同回合肥，爸爸在湖南，不带爸爸去。"他就哭，眼泪真挤出来了。已认识不少字，吃饭时，必在垫桌子的报纸上找他认得的字，一面吃一面看，那种对吃饭无兴味、满不在乎的神气，活像小从文。公公婆婆最疼他，每天除吃饭睡觉外，多半时间跟着婆婆，谈这样，问那样，琐琐碎碎的，但却清清楚楚，颇为三姊解闷不少。公公境况不好，常常发大脾气骂人，见到龙总是喜笑颜开，认为奇货，赞不绝口。小龙要常同他在一起，听他言说，窥他行动，才看得出他的趣处。小虎则第一面就给人好印象，瑞菡、邓三小姐、王家姨父，一来便抱不释手，连医学生的姨父都说这样健康的孩子是他见所未见，由此你可以知他的壮实。其实这孩子自生以后就不大采用最新科学卫生的养育方法，现在更甚。桔子水、鱼肝油、奶粉，种种高贵的滋补食品，向来与彼无缘，连做母亲的也不特别为他喝什么汤汤水水，却长得那么好。

不见得美，却自有他蛮憨可爱处，第一在头发，越长越黑，越曲；第二在眼睛，大而亮，睫毛长，蓝芬芬的颜色。我总疑心种因于某一次青岛海天的清明美妙，一定是有一次那海上的天空太美了，给我们印象过深，无意中就移植于孩子的眼睛里。孩子们累我，却也消散去我心上漫漫的迷雾，孩子们究竟是好的。

又得你紫六、紫七两信，写的是由武汉至长沙情形。你现在在哪里？我有许多话要说，那说不出的，我用眼睛轻轻地全写在这纸上了，你看得出的。我要你保重自己，爱我们，爱一切的人。

兆

一月廿日夜

（1938 年 1 月 20 日　北平）

又是一年除夕

侵晨五时

我本来想守夜通宵不睡的，因为爆竹声音繁复震耳，同另一时枪炮声音相仿佛，不易入眠。信写至十二时许，有打门声甚急，听是送快信的。后门已被三爷从里门加上一把锁，我从门缝里接了快信条子，打了戳子，再从门缝中递出去，换来你十一日发的紫十四。我欢喜听你说到芸庐的种种，庐内主客的种种，以及庐外云山的种种。我又欣喜你有爱写信的习惯，在这种家书抵万金的时代，我应是全北平城最富有的人了。我因你行止无定，半月来只写过两次信，一次寄辰州由你大哥转，一次寄圣经学校装在杨小姐信中，两封都是挂号，应该可以得到。

此时我独坐灯下为你写信，市内通宵不断的爆竹声至天明更烈，以致我不时停下笔来谛听。在乱世之下，人如惊

115

弓之鸟，况且外面谣诼众多，令人将信将疑，不知所之。远处有擂鼓声音，如电影中土人跳舞时的音乐，声音短促而粗砺，咚咚咚，咚咚咚，咚咚咚，沉重地敲在人心上，很不舒服。

小虎醒了，吃奶以后我就接连忙不开交了，等等再写。

晚十时

今天新年，乱哄哄的一天，两家的孩子各穿了新衣，忙出忙进，景况仍然十分热闹。中午我们在三叔家吃的饭，下午卓君庸、王正仪来，晚饭王正仪三叔婶在我家吃的。晚间舅舅大姨翻出许多旧衣、大帽子、围巾、腰带，六个孩子，连同小龙、小拴在内，打扮得怪模怪样，跑到我房里来演戏，小龙头包红围巾，擦得一脸白粉，身上莫名其妙地捆了一些绳子、带子，解开扣子，两只手掀起大襟，同带着黑胡子的舅舅乱蹦乱嚷一气，这是他们的戏。最能欣赏他们这一套的仿佛还是小虎。婆婆抱着他，你能想像他的眼睛睁得有多大，简直看愣了，一动也不动。小孩子是仍然有他们的世界的，可怜是生在这种时代，一切只有从简了。你要他们的相片，天气还冷，小虎不敢抱到院子里去，缓日照了寄来，此次只得旧照寄来三张。

夏云说来，至今未见到，想是不来了。

我不记得你那内外都是绿色兰花的大盘子带给你没有，已不在这里了。家里盘子多半是残破的，已没有什么顶好的了。你要我送王正仪，他欢喜那浅黄色内有兰菊的大盘子，我已送了他。你说什么都不要了，不会舍不得吧。旧锦同衣服收不到不能怪我，是你叫我寄的，等到你再来信叫我莫寄时，早已付邮了。我们若一离北平，丢的东西就更多了，算了吧，你说有什么法子。

杨小姐已订婚，我真为她欢喜。但是我更愿意知道张先生是个怎样的人，因为我欢喜杨小姐，也就十分关心她的事。

三嫂在不在家？你们一行人不宜太累大嫂。

两个孩子身体都好。小龙自你走后，又乖又好，没有"下床气"了。夜间被小弟吵醒，翘起头来望望，说"龙龙乖，你睡，你睡"，便避开灯光把脸转向床里睡去。成天不要人带，有伴玩也会闹，无伴玩一个人也能静，要不就同公公婆婆聊天，一去就是半天。公公婆婆给他迷得心花怒放，一有客来，公公必在饭桌上夸奖小龙的智慧，且细述他的所说所为。大姨同舅舅常说："小龙又来迷婆婆了。"小龙迷人用一张嘴，小虎迷人则用一双眼，外来客人一眼就欢喜小虎，家中熟人则多疼小龙。其实两个孩子各有长处，都极惹人疼。三婶常说："三姊的两个孩子真是没的褒贬的了。"这不应当是假话。小虎长得胖，但不痴肥，杨小姐走时比你在家时好玩，现在比杨小姐走时更好玩了。

关于我们起程的事，希望你考虑一下，是不是应等你到了昆明或重庆后再走？据卓先生同王正仪说，上海一般状况比北平坏，但我又怕越迟下去不容易走。我所谓"迟"，是指两月以后还不走的话。老伯伯若二三月准移九龙，我们索性等他搬定后再去，到香港上下可以有人照料，但不知彼时情形何似。据一班人推测，三四月间必更糟，那时候粤汉路能不能走还说不定。也许到后来仍然是留此不动，事情真难说。

问你们一批难民的好，特别向大嫂问候。

三哥无恙？

三

一件事值得报告，小虎在昨天（除夕）忽然发现他能坐得住了。小五弟应该还记得，大前年在苏州，小龙在除夕那天忽然会走路的，两兄弟不约而同都挑上这个日子。

（1938年1月31日　北平）

你应已在作万里之行了

沅陵　十五

二哥：

　　这张纸在桌上摆了一整天了，早上就预备写——不，前天就预备写的信，这时候才来动笔，两孩子已睡定，鼾声停匀，神态舒适，今晚这封信大概可以完成，可是信寄到时，你应已作万里云南之行了。

　　两孩子都种了痘，小的情形好，痘已发，连第一次种痘例有的烧热都未见有，身体算好。大的可糟，又像去年一样，冻病了。本来可以不用脱衣的，因为我已特地为他换了一件袖子宽大的毛线衣，讨厌的人人医院的护士，一定要脱，把衣服脱掉露出光膀子种，种完了又得等干，干了以后才包扎穿衣，这样就冻着了，烧热两日，情形可怜，瞧着怪难过。幸而现在已好，成天喊肚子饿，淘气得很。小虎的毛衣同内

120

衣因我已预先改制过，故未着凉，他身体原来好，也经事些。

连日接上月廿二、廿四、廿五、廿九及三月一日各信，知萧乾已行，你们不出十天也得上路。我寄沅陵信你才收到两信，不明白这边情形，难怪你着急。家里大小，除了小龙种痘出了上述的毛病外，其余人个个身体不错。九妹一切都好，只是处在目前情形下，日子似过得更无聊。有一天晚上，我们正吃饭，谈着别人家的闲话，她忽然哭了，我不知道什么缘故，第二天饭也不吃了，只吃了些面。那天她曾有一封信寄给你，我猜她一定是太寂寞，遇事便不如意。那两天正赶着小龙发烧，小虎第一次种痘，我也伤风，又得喂奶。我不会说话，不能像你在家那样哄哄说说，骂骂又笑笑，心里揪作一团，一点办法没有。她又像是不高兴我，又说全然不干我事，只是她自己想着难过罢了。所幸过了两日，暗云即过，脸上又见了笑容，现在到舅姊家去了，今天已住了第三日。以前她老说要走，说就是做叫花子到自己的地方总高兴些。

前一阵，那个一见飞机来就吓得脸色发白、两腿直打哆嗦的邓小姐来，商量同九妹去南方，她们觉得住在这里无聊，闲着又惭愧，要走，要找工作做，说是任什么苦都得忍受。

对这意见我不敢赞同，因为我知道她们俩都不是能吃苦的人，无非唱唱高调罢了。可是若当真有一天她不愿住到这里，一定要走，你又不在这里，我想到我身上的责任，我极烦恼。我自己呢，日夜为两个孩子绊着，用的人，一个太老，一个太娇，自己又不能干，因此就显得更忙更累。你屡次来信说要我译书，是你不明白我的情形。说起来心痛，这样下去，我也完了。

我现在惟一的愿望，是俭俭省省地过，大家能相安，帮助我把这难关渡过。因为要俭省，就不得不自己多添忙累，因为要俭省，就使得家里人心里不愉快，这是必然的结果。可是这个家在我手里，我不省怎么办？你向来是大来大去惯了的，你常常怪我太省，白费精神，平日不知节俭，这时候却老写信要我俭省，你不是把恶人同难题都给我做吗？事情看来容易，说来容易，临到自己做来就全然不同了。我不会说话，不愿说话，我心里种种，你明白，你明白的。你们难民团有人不守秩序，给你的烦恼，你觉得难受，又说不出，而我，一向就是过的你那样生活的。

前两天又得杨先生自长沙金城银行汇来二百元，打算全部还给健吾，就同他清帐了。另寄一百五十也交健吾，一百是之琳预备寄回家的，五十之琳还芦焚，这一还，我这边就不欠什么帐了（只用过之琳一百六十，二月三月的钱）。

今天小龙收到大伯伯的信，我念给他听，他听后抿着嘴笑。他有一张放大的相，王家姨父放的，将送给大伯与大妈。

"其"字你常用错，如"王树藏还好，萧乾每日逼其写字读英文"，这就错了，因为"其"字一向作"他的"解，如"杨大少爷与其新妇"就对了。我怕你写信给别人也会写错，故而相告，你莫又讥笑我是文法大家啊！

接之琳信，合肥我们一家人已上行到了汉口，一部分人且已入川，四妹尚拟留汉口找事做。你们若得知他们确实地址，见告为要。

这边又有了谣言，都说四月里不妥当。瑞菡一家人劝我们去上海，我想同夏老表、常风、正仪诸人商量商量。夏云到平后只来过一次，至今未来。若不走，在下月中旬就得搬进那小而破的房子去。

九妹回来了，她说想去上海，又想回沅陵。回家太危险，无伴怎能去？到上海又将累大姊，奈何！

三

（1938 年 3 月 22 日　北平）

想从从容容写封信给你

昆云　卅七

二哥：

得萧三哥转来你八月五日的信，知道文件已办好寄香港，你一定日日盼望我们来，在车站接我们，一定有许多信寄过香港了。可是我们还安然不动，要在下月底动身，为时尚有一月，我知道你得到这消息一定很生气，责怪我不要紧，希望你自己莫生气，我要你不生气。

写信托小陆买船票那天（十九日），正是我们指定要坐的"德生"轮离开天津的日子，就是邓先生不叫我们等他，这趟"德生"也是赶不及的。我们一定要坐这个船，听八姊说只有这只船完备而有房舱。我们坐房舱，让孩子可以有个较舒服的房舱。邓先生又说七八月间正是海上风浪大的时候，秋凉时当较好，我们不一定要叶先生带我们走，可是邓先生却希望我们等他。邓先生身体又坏，又小心，是个老人家，同他一块走也好，本来我们已注射了霍乱针，现在又注射伤寒针。听说叶先生已到天津，现在当已到平。我们不想同他一块，他的太太又说要走，不知道究竟怎样。张子高九月底也走，可是他有个多病的太太，我们也不想麻烦人家。倒是瑞菡的大姊，也许能同我们打伴走。她已经有信去问姊夫，姊夫在蒙自，若他赞成他们南来，她会把相片寄给你，请你为他们办一办护照。她自己的大女孩不带，丢在外婆家，只带一个同小虎同岁的小男孩和前头太太的三个男女孩子，若他们请你办照，详细情形会有信给你。照办好也请寄香港。邓先生照托杨先生办，也望早寄。

　　我很想从从容容写封信给你，无奈总没有那种悠闲。昨天我到前门邮局寄了两个包裹，里面装的是书，每个五公斤。一个是《太平广记》一部（也许你又要说我不该寄这种书），一个是西文书同《湘行散记》《边城》各一册。寄过书我到协和教授住宅去看八姊，她泻肚子，我在她住处玩了三小时，算是我的休息，一到家，任何人都不容我有五分钟的休息的。昨晚替杨先生整理日记（被我弄湿了），抹平后重新换一个封面。小虎睡眠中尿了一泡尿，后来我去看看，因为睡得好，我不曾惊动他，只拿一块尿片把湿裤子衬着，夜里天热，又未盖被，不想今天就发烧，真是命运！前一封信我还正说他太胖我快抱不动了，糟糕得很。

很对不起你，我不能赶来帮你抄文章。

三
八月廿五
（1938 年 8 月 25 日　北平）

1941年，在云南呈贡龙街的全家合影

张兆和在桃源新村的厨房。沈龙朱绘

———————

1944年，全家由呈贡龙街搬到跑马山下的桃源新村。
1944—1945年，张兆和在云南桃源建国中学任英文老师。

1945年，张兆和在呈贡桃源新村

1945年，在呈贡桃源新村的全家合影

1946年，抗战胜利后次年，西南联大停止办学，沈从文被北京大学聘任为国文系教授，张兆和带着孩子去苏州乐益女中教英文。

（三）

我从来
不感到孤独

（1949—1988）书信

张兆和在湖北咸宁"五七"干校连队的合影

1969年9月，张兆和离京，被下放到湖北咸宁五七干校。11月，沈从文作为三户老弱病残职工之一，也下放到湖北咸宁，距张兆和连队驻地单程需一天。1970年，沈从文两次生病，张兆和请假前往照顾。

1971年，长子沈龙朱与新婚妻子到连队探望母亲

————————

1971年8月，张兆和与沈从文一起迁往湖北丹江干校（文化部干校安置老弱病残的地方）。

1972年，张兆和与沈从文在丹江

1972年，次子沈虎雏到丹江探望母亲和父亲

同年2月，沈从文因病获准回京。

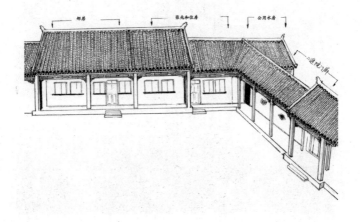

小羊宜宾胡同三号中院。沈龙朱绘

———————

这是1972年8月张兆和从湖北丹江干校退休，回北京后，作家协会为她安排的住处。与沈从文的住处相隔约二里。

入学第二天

爸爸、大弟、小弟：

我已经吃过华北大学两餐饭了，昨天我吃得很少，小半碗小米饭，一小撮小白菜，今天早晨八点钟吃饭，饭是昨天剩下的，有点馊味。我们十个人一小组，一天有几次在一块讨论学校指定研究的小册子，吃饭也在一起，用一个洋铁桶盛白菜汤。我们这组有三个女同学，七个男同学，男同学中有一个胖子，会说笑话，颇不寂寞。

下了雨，天气变得太快，我衣服是够的，但头有点疼，方才各组一同学唱歌，我们唱的全是大弟小弟早已唱会的，《你是灯塔》《国民党，一团糟》，我礼拜六回家还要跟你们学着唱。还学一个华北大学校歌，很好听的。唱唱歌，我头也不疼了，一会四点钟，我们就吃晚饭。天凉，我希望你们都记得加添衣服。

学校如果发薪，爸爸记着要石妈买鸡子（三十个），我要带一点到学校来。图章也许在五斗柜上面当中小抽屉的方铁匣子里，如果不在，书箱或桌子抽斗里找找。

　　我们明天起始就正式学习时事，明后天有二部教务科科长来讲话，后天也有人讲话，我盼望礼拜六快到，又听说礼拜六晚有个联欢会，糟糕得很。我一定要回来，管理员同志如果知道我想念你们，她一定放我回来的。

　　我们初到，管理员便发给我们一个粗碗、一双竹筷、一个小凳子。不是小板凳，像这个样子，上面穿麻绳的，我们开小组会吃饭唱歌随时都带着小凳子走。

　　我现在已吃过饭，这次是高粱米饭加绿豆，比小米饭好吃，仍然是白菜汤，我吃小半碗，太结实。五点到七点自由活动，可以出门，我一定要上大街买点花生米，预备明天饿的时候吃。

　　　　　　　　　　　　　　　　　　妈妈

　　　　　　　　　　　　　　　　　　十一日

三十八年五月十二

这是一家人最重要的一天，兆和入学第二天的信。从学校寄中老胡同宿舍。

从文

（1945 年 5 月 11 日　华北大学）

写信的时间都不容易找到

从文、之佩、朝慧、大弟、小弟：

最近十来天比较忙，队日也没有能按时得到休息，我也很想回来看看，可是像连写信时间都不容易找到。运动已进入四清阶段，主要在搞运动，在发动群众，劳动转为次要的了。前天我们收了前任会计的帐，昨天清了仓库，我心里说，这就是阶级斗争；可是感觉很奇特，我们到四不清会计家收帐，他神色自如，一边点帐，一边说说笑笑，正交着帐，忽然认真地像对别人又像自言自语地说："今晚木林有戏吧？我把事情归置归置，有戏我得去看，一次也不能落。"

包裹和你们的来信都收到，包裹里除盐金枣未见外，别的如数收到。东西到得很快。廿一日去公社开会，杨志一一见面就告诉我："沈先生给你捎东西来了。"是机关下来劳动的同志捎来的。下午从龙湾屯回村，看到爸爸和大弟的信，朝慧的信是第二天收到的。第二天晚间露天开会，我就穿上了绒裤，大小正合式；第三天山风刮得真有劲，头巾也及时用上了。有了这些东西，再加上吴泰昌给我带了二两碧螺春，满可以对付一两个月，再不需要什么了。我需要的是一礼拜能收到家里一封把信，谈谈你们的近况，谈谈北京大大小小的新事情。有些事我不能在信上细谈，却很希望能知道，越详细越好。

红红是昨天转入锡拉胡同托儿所的吧？据冼宁[1]说，这个托儿所不错，每周可以接回家，这样，每到礼拜六，之佩就推着小车笑眯眯地去接孩子了。冼宁说，接孩子回家，第一要注意饮食，孩子出毛病往往是接回家出的。孩子能送进公家的托儿所当然很好。可是我想到祁大姑，她又该流眼泪了。

红红的照片和虎虎的信始终未收到。

淑兰想必已经生产了？是男孩是女孩？买四尺花布送王嫂的外孙怎么样？有现成的合式的瞧着办吧。家里需要补充一床被里，有好看的床单还可添一床或两床，朝慧同大弟床上换洗用，小一点的也可以。

二表哥什么时候来的？在北京待多久？二表嫂来时朝

---

[1] 冼宁，张兆和在《人民文学》编辑部的同事。

慧安排一下怎样款待，二表嫂是第一次来，还是新家呢。

我冬天还需要一床封被。这里生煤球炉，夜间无火，不烧炕，请王嫂把封被絮厚一点，至少跟家里冬天用的差不多厚才行。

红红的相片寄来，你们有新照的也寄来看看。

兆和

十·廿九

（1965 年 10 月 29 日　顺义）

天佑他们

从文：

　　前几天，我正起早赶写材料，忽然感到地震，持续有一分多钟之久。来到北方，这样强度的地震，近些年来好像还没有经历过。这里老乡认为"地动山摇，花子撂瓢"，今年会是个好年成。好些人都说，今年是马年，下黄雨，秸地前来一场好雪，今天又下树挂，肯定是个丰收年，如果这些话有几分根据，自然很好，对备战备荒有好处。可今天早晨我从广播喇叭中，好像听到邢台专区有十五个公社受地震影响，似乎受相当损失，我听得不完全，我想到永玉 [1] 和他的一帮战友，天保佑他们没有恭逢其会。问问梅溪 [2]，永玉最近有信来家没有，念念。写个信给我。

　　晚报和焦裕禄小册子收到，对工作有用，读过的《中

---

[1]　永玉，黄永玉当时参加四清工作队，正在邢台受灾地区。
[2]　梅溪，黄永玉的夫人张梅溪。

143

国青年》如家中不预备留的，也望为寄来……老沈还没有回来。海珠长期严重失眠，有一次半夜服了八粒眠尔通，因此第二天昏迷不醒，接回北京休养了一礼拜，回来时十分憔悴。我同房小张有心脏病、淋巴结核等病；农村青年小毛本来身体挺棒，现在由于睡眠不足，也病了一场；前不久搬到我们住处的大个子小唐，身材魁伟，可是长期患胃病。同这些个青年人比起来，我的健康情况略近于奇迹，同志们很难解答这个问题。我只是在天气转暖，劳动时脱衣冷热不均夜间有几声咳，已托小张进城为买半斤核桃仁，大哥寄的贝母粉请寄来少许……

　　来信说到大弟小弟工作紧张，青年人紧张工作是正常现象，希望他们注意身体，注意饮食。

　　我不能常写信，可"惯迟作答爱书来"，谈谈家里大小情况，谈谈红红，对我是紧张生活中的调剂，也是人生一乐趣。

兆

三·十

（1966 年 3 月 10 日　顺义）

144

我一来丁庄就胖了 [1]

从文、孩子们：

一出城，空气就不一样，公路两旁树木美得很，里面是一行像东单公园那样伞形的树，外面一行垂柳，有的是大叶杨，有的地方不是一行两行，而是树木成林。中阿友谊人民公社的苗圃特别可爱，有的已密密成林，有的幼树（大概是柏树之类）保持一定行距，矮墩墩的，很像幼儿园的孩子在排队，规规矩矩。我想像其中最胖的一株，乖乖的，是红红，我像是看到她的笑脸。

一过顺义，就觉得比北京冷，下车后，正是午休时间，田野里看不到人。我又历一次险。丁庄有一道沟，在村东，叫东沟。到丁庄，必须过沟，可是正放水浇麦，漫水，过沟处过不去，我一直顺着沟东走到近村处，遇见几个相识的孩

---

[1] 此信写于张兆和回京医治眼病后，刚返回四清工作队时。

145

子在捡猪菜，老远就叫"老张！"我问哪里能过沟，他们指渡槽。我走到渡槽，干渠正放水，我看看满槽都是哗哗流水，远处渠很宽，但是既到桥边只能前进，不能后退，我大着胆子，向一尺宽的槽帮走去，左边是两三丈的沟，右边是满槽的水，只听到远处孩子们喊"别摔下去！别摔下去！"我目不旁视，小心地看着脚下，一步步走过，过了一半，我就放心了，大胆走了过来。水流很急，要是跌下去就淌走了。我想这次小小涉险，也能说明我的身体和精神状态吧。告诉你们，可以完全放心。

一到村，正是午休后出工，社员们看到我都亲热地叫"老张"，说惦着我的眼，怕落下病，人人都说我瘦了。我笑着说："丁庄的玉面粥对我特别好，我一来丁庄又要胖了。"

我们村的问题多，看来时间还要延长，说是什么时候搞透什么时候出村，因此家里恐怕得早点解决保母问题，能找到像郑秀介绍的那样保母，工资高一点也可以，否则红红接来家忙不过来。

朝慧早晨能间或同二伯到公园走走，吸点新鲜空气，人精神好得多。

我在家一个多月，把大家都闷在家里，憋闷坏了。

兆和

五月二十八

（1966年5月28日　顺义）

总是惦记着红红

之佩、小弟：

估计小弟已从昆明回川了。

北京一连下了几天霏微冷雨，雨后刮着凉飕飕的小风，感觉上颇有点秋意了，夜里睡得非常舒适，今年北京的夏天似乎异常短促，来去匆匆。希望自贡也不那么热了，让红红能睡个酣觉吧。

收到你们的四封信，得到一定满足，至少对你们新生活、新环境有个粗略的了解。走后许久得不到信，总以为你们三人中有一个病了，非常担心，埋怨不该让你们把红红带走。现在孩子有人可托，带在你们身边，一切慢慢上了轨道，觉得这样也很好。惟一放不下心的，是怕你们白天要工作要搞运动，晚上再带孩子熬夜，影响身体，影响工作和学习。要是张大妈肯全托，把红红全托给她，星期天接回家，就不至于太紧张了。信上写到红红夜里说梦话，自己扶着车子散步，见到西瓜非常高兴，历历如在眼前，多乖的孩子！你们一定要把她带好，习惯养好。关于红红，来信最好多说几句。你们信中每一个细节，足够我同爸爸咀嚼很久，总想多知道一点红红的情况。

……

红红棉裤月底月初寄来，还需要什么，来信。

妈妈

1966.8.18

曾寄主席相，夹在《红旗》中，昨寄十六条，有必要寄吗？

（1966 年 8 月 18 日　北京）

兆和有两封信

从文、大弟：

九日收到你们的来信，大家为我欢呼："兆和有两封信！"来到这里，大家有一个共同的心情：眼巴巴盼望家里来信。特别是家里留下小儿女的妈妈，那些留在家里兼管妈妈职务的父亲，遵照妈妈的命令，详详细细报导孩子的起居生活，是这里妈妈们永不疲倦的话题。我也是同样心情，非常想知道我走后家里的情况。收到你们的信，我放心了，原来家里没有了我，地球照样在转。爸爸自己会把生活安排得很好，而且要大弟不必每天回家，要"先公后私"，这话说得多好！我走后，家里一些大小事，加重了大弟的负担，可以想见，你们都要注意身体。

我们五日起开始劳动，挖沙、筛沙，壮劳力还要装车，经常是一辆拖拉机来回拉沙，有一天有十辆卡车。房子开工了，沙子要供得上，战斗气氛很浓。挖沙场在红星十队，在一个很美丽的小湖边。我们一清早从九队住处到连部去天天读，吃饭，然后走四里到挖沙场，每天来回单走路就要走二十里，时间人力都不经济，也是由于任务需要，住处得重新调整……

我们白天劳动，晚上基本上不安排活动，天天听完新闻就准备睡觉了。因为全屋只有一盏马灯，除了织毛衣什么也做不成，写信也只能在星期天。我下来后一切都好，这里天气早晚很凉，已需要披棉衣，中午则穿单衣，男同志还光脊梁，中午还下湖洗澡。我因受寒胃痛过一次，我们这里有自己的赤脚医生，替我扎了两次针，很有效。有一针是扎在心窝里的，爸爸不要害怕，赤脚医生的医术是很高明的，我胃已好。我们国庆节宰了一头猪，吃了饺子，昨天又宰了一头，今天吃粉蒸肉。每天有稀饭，有新鲜蔬菜。开展四好连队，生活管理是抓得很紧的。

咸宁专区水源丰富，湖泊星罗棋布。向阳湖垦区即斧头湖的一部分，围垦五万亩，文化部二万亩，现在我们看到的一片好湖光，水下去后就是我们的耕地。这地方大有发展前途，满村是肥猪，连小母猪也是肚子拖到地上。小牛很多，我们天天上工走过两棵大树，树下伏卧三条水牛，从容反刍，很有点什么人的画意。今天星期天，我守宿舍，同宿舍的人到八队去玩，采来很多桂花，她们发现很多桂花，有一株竟有合抱粗细。

挖沙的第一天，清除杂草时，一个上午就发现三条蛇，全是不大的，有一条盘在小树根下，冼宁砍树根砍死了蛇还不知道。这条蛇吞食了一只蛤蟆，正在心满意足地消化哩。前天开荒种地，肖德生忽然发现地里有一条"灰色金鱼"，仔细一看，原来是一只大老鼠，尾巴上咬着四个小老鼠。这些新鲜事，在北京是无从想像的……

下星期再写。

兆和

十月十二下午

（1969 年 10 月 12 日　向阳湖）

一面看菜地一面给你们写信

从文、大弟：

　　你们的第二封信和第三封信先后收到……两个星期天都没有写家信，不要以为我又出了什么毛病，我很好。我们二排上星期二搬到十队，分住在老乡家，伙房、挖沙场、住处都很集中，不须每天跑二十里路上工了。我同许以、黄寅、胡淑、孙琪璋、田野六人住在原先人家的一个灶房里，很湿很黑，但是每人有一个自己铺位，我已经十分满意了。农中那边新屋已铺上瓦，但李季[1]告诉我们，要准备在十队住他半年，因为有些单位住地很远，要发扬共产主义风格，把方便让给人家。我同意这样办。

　　今天派我值班，我坐在湖边田埂上，一面看菜地，一面给你们写这个信。值班的任务是到各班的住处巡逻，看

---

[1] 李季，现代诗人。通信时任张兆和所属的干校五连连长。

菜地，午休时看伙房，同时兼注意一下挖沙场，看有没有人偷运沙子。主要是监视几条水牛，种这几块菜可不容易！小孩放牛一不注意就让牛到地里吃庄稼。这里割过谷后大部分地都闲着，只有几片荞麦地，花开得正好，全被牛糟蹋了。村子猪多牛多，大猪小猪到处游走，树荫下经常伏卧着五六条大水牛，小牛也很多。小孩特别多，壮劳力少，听说有些壮劳力修水库去了。我坐在田埂上，住处田家湾的房子、沙场近在咫尺，历历可见，妇女、小孩的说话声、叫喊声听得清清楚楚。对湖一带小土丘，渡过湖去走不远就是452高地，到甘棠只四里。昨天张政委和老赵渡我们过湖，我们这几个年龄较大、不大爱逛的人第一次参观了452高地的新屋。文化部机关和一个剧团已住上了，一色红砖红瓦，每一单元有大小房各一间，门前有一小过廊，可以放炉子。公社所在地只有一条街，一家百货店，有学校、缝衣店、理发店、一家小饭馆，我们每人花六分钱吃了一根南方油条，各人买到自己最需要的东西，暖瓶胆、面盆、扫帚、辣椒糊，大家都非常满意。

二十七日下午

这个星期我们排又轮到挖沙，但我最喜欢搞后勤，什么地方需要到什么地方去，种菜，挑水浇菜，帮厨劈柴洗菜，拆棚搭棚、挖茅房……最有意思的是打柴，全是小茅竹和刺蓬，真所谓披荆斩棘，哪里敢用手去割！都是用锄，先用锄把那些带刺藤蔓拉下来踩在脚下，然后斩草除根，用锄头和扁担胡乱捆起来装上车。就这样手脚还不免拉出血来，裤腿袜子也不能幸免。第一次打柴我们在刺蓬里捡回一个大刺猬。蛇是家常便饭天天可见，《文艺报》女同志住的那间屋里还有一条家蛇，每天上午十点钟出来透空气，房东不让打。野鸡水鸭也不少。经常看到有一种黄嘴纯黑的小鸟，站在牛背上，有时站七八个，像幼儿园的孩子让老水牛载着它们慢慢走动，非常舒服。

问梅溪和永玉好，小蛮分配还没确定吗？

兆和

十月二十九日

（1969 年 10 月 29 日　向阳湖）

跌了三个半跤

大弟：

　　小包裹、《一不怕苦　二不怕死》二集收到，信亦读悉。我咳嗽早好，土霉素糖粉是孩子服用的，含糖，不用胶丸，你想得太周到。

　　我们从五号到二十五号打春耕生产第二个战役，早稻育秧，耙秧田，翻水稻地，锄麦，种高粱、玉米、黄豆和各种蔬菜，都要赶在谷雨前下种。一个战役紧跟一个战役，连基建连都停止基建，投入农业生产。我们五连有一百六十亩冬小麦，现在长得非常好，老乡说亩产可达三百斤，我们的指标是二百斤。水稻早稻一百二十亩，中稻五十亩，晚稻怕遭洪水，只准备种十亩……我连战士发挥了极大的积极性，买的老牛又瘦又癫，不顶用，就人拉耙，女同志也争着下水。我一直在麦田和菜地劳动，连续九天到麦田锄草，下雨那天回来结结实实地跌了三个半跤，所谓"半导（倒）体"，有一跤是跪下一只腿，没完全摔倒。只要不下雨，走路我不怕，我的腿脚通过考验，还算顽健。有时很想用脚尖走，试试恢复年轻时那种弹性，毕竟年龄的限制，那种弹性找不回来，可是我的脚腕子已能适应各种地形，各种角度。各地民工正云集修大堤，大堤地形天天变样，我们天天要找新路走。堤半坡有一条小径，必须把脚斜着走。越沟跳缺口，上土坎，从陡坡上奔跑而下，我比一些三四十岁的女同志并不弱，甚至强似某些人，只是腕力差些、体质差些，劳动不如别人快，我正在努力赶上去。

第二次全连讲用，班上要我到排里讲，我讲得不好，用得尤其差，只是在劳动中有一点体会，我很怕讲不好。

每天经过的田间土埂上，有一种紫花，类似丁香花，开得非常盛，芳香不如丁香浓郁，颜色比丁香更鲜美。机耕站工棚，是一片碧绿草原，浅草上绣着小黄花，遍地皆是，雨后从水草地上通过，如走在高级地毯上。带来的球鞋太管用了，晴天我穿它，行走如风。有二十天没脱胶鞋。四月里雨仍不少，预报有十六天到十九天雨，大家都感到胶鞋一双不够用，我们已登记了第二双。一到雨天下地，真是有趣，大家把塑料薄膜口袋剪开，一分为二，捆绑在腿上，直到膝盖以上，比穿雨裤强。有人再把薄膜围在腰上，把塑料窗帘披在身上做斗篷，头上是塑料风帽，五花八门，煞是好看。

我看到萧乾在堤上一个水泵房值班。顾学颉所在的十四连（基建连），昨天来帮我们锄麦……

爸爸似已安定下来，写了不少诗，兴致不错。

告诉永玉、梅溪、朝慧他们，我很想写信，可是没时间，问他们好。我不会写信，爸爸老说我不会叙事抒情，更叫我不想多写。我的信可别留下。

我一切都好，学习、劳动、斗争努力跟上去。有时也要闹点小情绪，比如两人合锄一长垄麦，含有竞赛意味时，人家不挑我合伙，我只得同陈白尘一块锄，我就不乐意。这样的时候，在阳光下，我就偏偏看到鬓边的一丝白发，老在眼角飘忽，心中不免感叹："吾老矣！"但这点情绪很快过去，我要学习锄得快些，赶上去！这样的心情我不给爸爸说，他老借别人之口，"×××劝你要实事求是，毕竟年龄到了"。他老为我担不必要的心。

寄来我们自编的歌词，你看看。随着运动深入，新的歌词正在编写中。你如有新的好的革命歌曲，给我们寄来。

妈妈

四月六晚

从信封中寄一二根缝被的大针。

（1970 年 4 月 6 日　向阳湖）

又是大太阳

从文:

好不容易有个星期天，又是大太阳，宿舍前前后后拉满了绳子，人人忙着晒被子、洗衣服、洗头。我一早起来，先把堆在廊子前面的树根、竹根捡了一簸箕送到锅炉房，铲了铲门前的泥块，烧了一堆烂纸。如果不抢时间在星期天完成，垃圾就会越堆越大妨碍交通。时间不多，只有一小时，三点钟要搬坯，饭后还要开会，洗完衣服写几行。

二十日学习大寨以来，干校各连出现了一片新气象……我们三个女同志每天上下午都挑着粪下地，我同胡海珠合作挑一桶，田野一人担挑两个半桶。路约两里，但要经过一个颤颤悠悠的长桥，要翻过大堤。初挑时肩头有些疼，现在基本上可以了。有一次我还作为壮劳力，同田野、小李下到湖田谷场去拉稻草，下午又拉一车麦秸，晚上还给杜麦青送饭。快到大桥边，听见对面有三个人讲话声音，一个广东女人，两个男的，大概那个女的谈到走黑路害怕，有一个男的就说过了堤，就没什么怕的了。这时他们正擦过我身边，见我一人向黑夜中的大堤走去，那个广东女的叫了起来："这个女同志一个人到哪里去？"我说送饭到湖里去，她说："这个女同志真有本领！"是用广东口音说的。我已经送过两次饭了，这不算什么本领，是在锻炼中有了小小进步。第一次我也很怕，怕黑夜遇坏人，怕蛇，于是我绕大路，绕农中走，送过两次后什么也不怕了，倒觉得蛮有意思。过农中长桥时，看到远处明灭渔火，听到水面上鱼跃声，可惜我不会写诗，如果是你，而且也有我这样的感受，一定会写出抒情诗来了。

昨天同时收到你两个信，三十日的信否定了二十八日的想法。我觉得三十日的想法是正确的。当然，如果真正病状很严重，经过医生正式证明，是可以回去的，可是你还不到那种程度，我估计申请也不会批准。气候不好，心脏感到压力，人难受，感到不能支持；天转好，想法又会不同一些。我相信你也通过了思想斗争。斗争的结果，正确的战胜了不正确的，公字战胜了私字。当然心脏是要注意的，必要时你可以提出来。一般看来，你体质、精神都不错，又不参加集体劳动，不会出什么问题；料理自己生活，有一点轻微劳动，我看对你身体只有好处。

上个礼拜天，老师对幼儿园的孩子宣传大寨精神，说爸爸妈妈学大寨，没有功夫照料你们，咱们这个礼拜不去看妈妈，大家同意不同意？孩子们同说同意！因此这个星期天回来特别高兴，特别热闹，伙房用新刨的白薯招待他们，晚上还吃自己菜园韭菜做的包子。正赶上老母猪生第二胎，一个三岁小男孩对海珠说："大猪直哼哼，屁股上就长出小猪来了。"这一代的孩子见多识广，从幼儿园就接受社会主义教育，比起龙龙、虎虎一辈又优越多了。

三

十月三十一

（1970年10月31日　向阳湖）

一对新人来了

从文：

大弟、永玮五日下午来到我处。正好在半个小时前收到双溪来信，我正好留在伙房剥蚕豆，为第二天收油菜大会战做准备。我一面剥蚕豆，一面不断向来路张望。“来了，来了！”人家眼睛比我尖。远远看到田间小路上两个人，背上扛着，手里提着什么，不用说是他俩。我飞奔而去，接到了一对新人。他们放下背包，洗了把脸，就参加我们剥蚕豆。

早稻插秧已结束，他们来恰好赶上收油菜。第二天，夜半三时起床，我们后勤排全部下湖。永玮、小龙先同我们带着露水摘蚕豆，天明时，兄弟连的同志们到了，永玮帮着烧开水，小龙同后勤排的同志一同挑开水送到地头。他们总算赶上了一个尾声，体验一下我们这里的战斗生活。第三天是五七纪念，整天开会、讲用、文娱活动，五八休息一天，九日我送他们到咸宁。这次没能在菜地劳动，小龙天天为伙房挑水，还为我洗了床单和厚棉被。永昕怕小龙洗不干净，抢着洗，并做好，由小龙给我吊到房顶上。看起来新娘子虽不像照片上那样健壮，身体还可以，做事也麻利。不大爱讲话，可能大家好奇观察她，有点窘。同小龙有时互相开开玩笑，讽刺讽刺，看起来两人相处还能协调相得。这样就可以放心了。

九日早晨我送他们沿大堤走到咸宁，走之前在村边山坡小道上采了两大包金银花。我们这里春天来环境还是很幽美的，只是我们目前没有一点时间，也没有那样的闲情逸致。老天很知趣，在他们来的四天内没下雨。这段时间我们收油菜也正需这样的好天气。我们五连管理的一百三十多亩油菜，在兄弟连的支援下，由于组织准备工作做得好，半天就收割完毕，现在正在打场、晒。

我下了一个多礼拜水田，脚并没有更坏，可能是前一时期扎针的作用。你右膝至坐骨不灵，感到扭痛，晴天多在田野上走走，晒晒太阳，这是最好的治疗。我服了三盒豨莶丸，觉得好，蜂乳和强的松轮流换着用，但一忙，就几天忘记服。现在大田在两个战役之间的休整期间，我们菜地要抓紧时间管理，过去两周完全没有管理，不然蔬菜自给就成问题。草复。

兆和

5.15.

（1971 年 5 月 15 日　向阳湖）

来到丹江

小虎、之佩:

小虎6.27信正好在我离开向阳湖前收到。我七日动身,八日午前到达丹江。这次走得很快,一日宣布老弱病残来丹江名单,开座谈会。第二天我到双溪,因为是干校根据中央机关五七干校会议纪要精神,落实毛主席两个指示,我想是统一布置的,没想到他那里毫无动静。三日为爸爸洗床帐、衣服,晒棉衣、棉被、棉鞋,全上了霉,下午得到连部电报,要我在四日赶回。回连后开了学习班,整理行装,七号早晨就离开了下放一年零九个月的向阳湖了。这次文化部五七干校,将送来丹江三百五十人。说得很清楚,不是退休退职,不是甩包袱,因为这些人不适合于在生产第一线,转移一个地方,为了将来更好地继续革命。党对于干部工作人员负责到底。到这里以读书和休养为主,兼做力所能及的劳动。爸爸早先只想回北京,希望没有能达到,这次我一说他就同意来，并且要我先来，随后他们连部动员时我再回双溪接他，料理搬家。我们干校五个大队，只有我们第四大队动得最快，赶在双抢之前送走我们。

爸爸长期三脱离，过着孤寂的生活，脑子里想的，往往和现实格格不入，跟不上形势发展。他害怕过集体生活，欢喜自由自在，我却觉得更可怕的是长期三脱离。我们来这里仍然是按部队建制，成立新的连部，过集体的纪律生活，五时半起床，早饭前劳动两小时，晚饭后劳动一小时，其他时间可以学习，做自己的事。最近因为要修理房屋，劳动时间增加到五小时，但对于年岁大的，高血压的，身体太弱的，一再强调班排长要掌握好，一定不要他们做超过体力的劳动。

丹江办事处住宅建在一个小小的谷地中，谷地东西向，东、北、南三面环山，西边有一条马路通进去，沿马路盖了不少房子，共五百多间，有楼房，有平房，一律红砖红瓦。我现在住马路尽头东边一列平房中，每套大小各一间，从一个门出入。原则是两个人只有一间，三人以上才能有两间。也有可能分配给我们两间，我们东西多。房子开间有东堂子住屋大，还要宽一些，铺上洋灰，粉刷修理后还是不错的。

自来水很方便，有水槽，可以洗被子、帐子，一排五六个龙头。这是三线工业建设地区，可耕地不多，我们办事处只有二十亩地，种白薯、芝麻、玉米。本来在这里休养的很少劳动，我们这次已到的和将要来到的共三百五十人，编四个连，平均每个连才有五亩地，而在向阳湖，平均每个人就有七亩地。所以劳动量是不大的。白头宫女曹阿姨[1]在这里养猪，后山开了小片荒种菜，从后窗户看到他们坐在小板凳上用小菜锄从从容容地敲土块，我们觉得好笑。我们这两周要为修建房屋备料，头两天大家坐在对面小山上，把崩下的石块一块一块扔下来，像小孩做游戏一样，效率奇低。我们班从昨天起用铁锨，用耙子，用自制的铁丝钩子，成绩显著。劳动每小时休息一刻钟，领导还一再劝告要自己掌握，不要出事故。因为刚刚入伏，太阳下今天已达四十八度。向阳湖现在正进入双抢，这里的劳动当然不能同那里比。

星期天我们班几个人登上了三百二十八级木梯的丹江大坝。水电站在我们脚下，大坝一边溢洪道像大瀑布那样轰鸣，烟云弥漫，真壮观！大坝另一侧则是绿水青山，翠绿的小岛、帆船、停泊在山脚下的数不尽的机帆船，美极了！

---

[1] 曹阿姨，指曹安和。音乐研究家，任职于中国音乐研究所。

听爸爸说，好像这是我国最高的一个大坝，他曾来视察过，那时大坝尚未合龙。现在已完工，只剩下扫尾工程，水电站已发电。原来据说可供湖北、河南、陕西三个省用电，现在没有全部开动，同时全国工业的飞速发展，原来的计划又跟不上了。我们看过后都非常高兴，觉得不虚此行。我希望你们来湖北探亲时能同你们去参观。

刚来的头几天，我说不上对丹江有什么好印象，因为周围两座石头山光秃秃的，不如龙街子[1]，尤其不如双溪自然环境秀丽，但是安定下来后，觉得如果需要我们在这里暂时住下来有这个安顿所在，已经很不错了。只是觉得离你们又远了一千多里路，你们来探亲，又要多费几周折。

妈妈

七月十五晚

（1971 年 7 月 15 日　丹江）

---

[1]　龙街子，抗战时期，作者一家曾在云南呈贡县的龙街居住。

菜地在大路旁

从文:

王真明天回北京探亲,我请他带给你贰佰圆。你的续假信[1]我交给单士元,他说:"已经在工作,还请假?"但手续还是要办的,我想他会交给办事组领导。

这里成立了专办安置分配的小组,但不见动静。我们学习生产照常。一连菜地划为三片,由专人负责管理。礼堂前马路下边那块地由我和冯雪峰、陆廷珏三人管理,冯还不回来,当然活还是大家干,负责管理的多关心些罢了。这里也不免有点竞赛的味道,陆看我的锄把太短,特地买了一根,准备给我换。他说,菜地在大路旁边,看得清清楚楚,要整得干干净净,不让生杂草。我们两个常常一同浇水,开畦,

---

[1] 续假信,沈从文以看病为由请假回京,虽然立即开始工作,但行政、工资和供应关系仍隶属干校,因此须定期续假使工作能继续。直到近两年,其关系才被原单位转回。

到下工时还不想停。

周围山上植树太少，也太小，除我们上过的那个山头有几块青青的麦田外，山上还看不到春天，山坡下蚕花、油菜花、各种春菜倒是生趣盎然。那个我们上市去经常走过的断桥，现在由605厂工人修好了，洋灰板，铁栏杆，高高地架在河沟上，两岸路也砌宽了，做了阶梯，从马路往下看，溪沟两边的杨树绿意渐浓，人们说像个公园了。还是工人老大哥行，我们这帮人，开展"立功创模"也创不出一座桥来。一方面受年龄限制，一方面也不想干……人心涣散了。伙房的一些同志，烧开水的几个老头，勤勤恳恳，起早贪黑，要向这样一些同志学习。

小弟来信寄你看看。小弟寄北京的信望转我一读，我想知道小红进学校的情况。

海励[1]最近越来越懂事，开会不准她说话，她就悄悄地说，等大人一休息，她就放开嗓门大喊一声，痛痛快快发泄发泄。我的胶鞋晾在外边，她两次给我收回来，我说还没有干，她说干了。她坐到地上，大声叫："汤浩，我坐在地上了！"下坡时咚咚咚跑得飞快，也不摔跤。我们

---

[1] 海励，张兆和同事汤浩的女儿。

171

收菜，她也帮着抱，还要拣大的抱，孩子从小这样锻炼，肯定发展得健康正常。

我已为你向大家向熟人问好。老郑的大女儿由她所在插队的公社大队推荐上北京大学。这是郑家的喜事。

应当回达因[1]一个信，巴信[2]由她转我看也没有什么。有些事我觉得你顾虑害怕得出奇。

兆

四月十一日

（1972年4月11日　丹江）

---

[1] 达因，作者老朋友窦祖麟的女儿，当时在总政文工团。

[2] 巴信，指拟写给巴金的信。巴金当时尚未"解放"，窦达因曾答应帮沈从文转交信。6月14日他采用写信给巴金夫人陈蕴珍的方式，向挚友问候。

难得一个凉爽宜人的星期天

从文：

难得今天这样一个凉爽宜人的星期天，整天阴有微雨，应当是叨台风的光。前一个星期几乎没把人热死！躺在床上不动还直流汗，经常气象台的气温是37—39度，太阳底下就在40度以上了。在这样的气温下，我们上山顶上突击间芝麻，拔草。大田不间苗不行，长不好。

上午我给严文井写了个信，向作协要一间房子放东西。这封信本应当在一周前就寄出的，我最不善于这种事，费了好大的劲，总算把信寄出去。我很坦率地把我的情况告诉他，如果可能的话，希望能暂给一间，不行也就算了。侯甸让我找严文井，说留守处有些事解决不了。退休的干部原单位也应当管嘛，如果房子盛不下，算什么"妥善"安置呢？我算算把全部家具、行李、大木箱运回来，大部分只能放在天井里。

在给文井写信时，我心情很沉重，心里直发酸，想着想着，眼泪不由得便流了下来。为什么这样？感到为难，感情上还夹杂不少不健康的东西，要不得！要不得！我责备自己，一个受大队嘉奖的五七战士，感情还这么脆弱！但这只是一会儿工夫的事。一会儿就过去了。

截至目前，我们丹江三个连办退休手续离开丹江的，三连七人，二连四人，我们一连仅一人。我们九班已谈话的只有我和老刘。今天听说，那些不到退休年龄的人，不论在向阳在丹江，一律由原来单位填表上报，等候分配。我还听说，学部在河南下放的人员，全部撤回北京。

人越去越少，我们的菜地却越来越扩大。东一片西一片，接收了不少地。原来我只管埋一个片，现在东西两片全由我管，李余滋病了，半个月来高血压头晕。两个片约十几个人，又不是一个排一个班的，不好调度，很操心。昨天连部又调杨志一到连部，为学习六本书的辅导员，九班的工作就全部落在我的身上。生产任务重，我怕管不过来，特别是班上学习，要带头学好，组织好讨论，我不行，而且不久我就要离开此地。但是工作要人做，不管时间多少，要站好最后一班岗。

转来红红和之佩的小妹妹来信，红红当上了红小兵，高兴得没法说。已经身高一米二五，我比一比，正好齐我的肩。孩子在班上是个好学生。很显然，尖鼻将来发展就不一样，环境不同，教育不同，性格不同。寄来的照片很好。告诉尖鼻，婆婆不多久就要回来了，婆婆多想亲一亲小尖鼻。

兆

7.9

（1972 年 7 月 9 日　丹江）

小虎出差来北京才是喜事

虎虎、之佩：

昨天是个星期天，早晨起米，喜鹊"喳喳喳"叫得好欢。我对大说："喜鹊在叫，只有小虎出差来北京对我才是喜事。"九点多钟，邮差送信来了，接到虎虎成都写来的信，我想，喜鹊叫，有信到。一直读到最后一行，才见到："我大约十月下旬去北京出差……"天哪，想起那年冬天虎虎去丹江，三根茶叶在茶杯中站得笔直，当天果然到了，不觉好笑，真巧合。也真叫人欢喜！

读虎虎这封信，我们三人有不同的直观反应。我已经在筹划怎样安排这十几天可贵的日子，埋怨你一出差总是忙得够呛，又要办正事，又要抢时间看资料，又要为同事采购、托运，连自己装牙的时间都顾不上，别说同家人一同到哪里玩玩了。大看了红红写的"我的家在江南鱼米之乡……"情不自禁地赞叹："这家伙真有两下子！"吃午饭时，爷爷

176

回来，我故意先不提好消息，让他看信，叫他惊讶。看完信，只见爸爸半天不语。我问："你看到最后一行没有？"他说："看到了，虎虎要来，很好。只是红红在校受压力大，我很难过。"他联想到自己少年时代，在旧式军队中，人小，受人欺凌，一肚子委屈无处申诉，因而替红红难过。晚上临睡前对我说："看到虎虎的信，想到红红，我都哭了。她在这里的学校要顺心多了。"

老人家心慈，想得多，想不开。但红红目前处境与当年旧时代他自己的情况根本不同。生活中有些冷嘲热讽，有点压力，受点委屈未尝不是好事。这样正好让红红想想，在团结同学方面做得怎么样，如何对待同学的缺点，同时提醒自己要谦虚谨慎，戒骄戒躁。这些方面，你们要多做些思想工作。我想，一切会慢慢好转的。她初来北京那学期，非常想念成茂，想念"老家"，去年到南方，又想念北京，觉得在北京读书好。回到自贡，回到爸爸妈妈身边，尽管遭到少数同学歧视，毕竟在爸妈身边，可以学习许多在我这里学不到的东西。红红是个聪敏孩子，学文艺、美术、理工都不难，看她向哪个方向发展。倒是功课压得重，作业多，我担心她视力受影响。暑期通读毛选四卷，对一个初一学生，如何消化得了？

上班时间，我们院子很静。花比去年又有发展，目前已到尾声，霜降前应当还能开放一阵子。

并问小妹好。

妈妈

十月十七

（1977 年 10 月 17 日　北京）

一行三众游承德

之佩、虎虎：

我们一行三众应王序邀约，八月六日来承德。虎虎的来信来承德之前已收读，窦舅舅的信也早收到。爸爸上月廿一日在街上曾被西瓜皮滑倒，扭伤韧带，当时即动不得。经过用草药秘方余，服白药粉，三日即能下床，一周即能工作，现仍感到有些别扭，但完全无碍了。据医云韧带扭伤完全恢复也有一个过程，特别是老年人。家里房子窄小，偏偏来访客人甚多，工作休养俱不得安，且天热，四日、五日热得离奇。王序早为我们联系好来承德。考古所有个考古队在避暑山庄尽北头的半山上，他临时到这里搞陶器修复。队长是爸爸北大的一个学生，叫刘观民，在这里坚持了两年工作，也是同王序一样的人。考古队只有三人，其余都是临时工。三幢别墅式洋房，都有宽大的露台。四周环山，古松参天，阴凉宜人。我同爸爸一到，毛衣、棉毛裤全上身了。各家都带有放暑假的中学生、小学生。本来十分清净的山林，骤然有了歌声、笑声和年轻人的叫嚷声。王序把他十一岁的小女儿也带来了。王序天天午后带领他们上山采蘑菇，我们已经美美地吃了两顿，其它晒干，因为没有油。吃饭有食堂，蔬菜很缺，面食很好。我们带来罐头和炒面、白糖、果酱，足够了。本想多住些时，因四姨[1]在本月二十日从巴黎飞抵北京，我们必须在十八日前回去。镕和舅舅还要来北京等四姐，我准备接待他。二姨家住的人更多。四姨也可以住她家。

红红同王丹小妹每天上午做完功课就一起去山上玩，采花，捉蝈蝈，找盆景花木石头、植物标本，一同洗衣服。王丹能言会说，尽出洋相，唱歌常走调，还经常听她放声歌唱。像个男孩子，又野又能干。行动、反应极快，性格开朗，故事说了一个又一个。红红显得拘谨；现在也能同男孩子们一道划船，今天居然也吃了人家一个苹果。过两三天我们就将下山去住招待所，那里离行宫游览区近，环

---

[1]　四姨，指张兆和的妹妹张充和。定居美国多年，当时即将第一次回国探亲。

境幽美，出入方便。已写信要大和王亚蓉[1]来，接我们兼游览。

妈妈

8.11 下午

（1978 年 8 月 11 日　承德）

---

[1]　王亚蓉，沈从文在服饰研究中的助手，后来先后调入社科院考古所和历史所。

爸爸到友谊宾馆全托

之佩、小虎：

我们天天盼望之佩到来，今天收到汇款单，上面字迹还是之佩的，是否北来计划又有了变卦？

四姨回国一个月，这在我们国内至亲骨肉中是一件大事。她是八月二十日到京，在京十日，然后到上海、苏州、南京，再回北京返美的。本月十六日，我们又接到了四姨父傅汉思。他是"美国汉代研究考察团"的副团长，一行十二人，在中国参观访问一个月。日程安排得满满的，不似四姨专为探亲而来，多少总可以聚聚谈谈。我们只能在他两个休息的晚间去北京饭店看他。四姨父仍然是老样子，很少变化，温文尔雅，不慌不忙，热情接待了我们。十九日那晚我同爸爸带了红红去的。他问到你，说很想看到你，问自贡离成都远不远……你们考虑一下，是否能去成都，如之佩不出差同去更好。

爸爸已于本月六日到友谊宾馆"全托"。院部为他搞了两间工作室。帮忙的有王㸞、王亚蓉、胡戟，文字上核对抄写的还有王㸞的连襟李宏，他同我一样，有文字工作就去，我有时住那里。《服装史》[1]文字稿年内必须全部发排，工作很紧张。有王㸞他们我能放心，爸爸情绪很好，精神也好。院部领导对他的工作非常关怀和支持。

红红进124中，在二年级，班上风气不如小学。她自己抓得紧，对数学、物理特别感兴趣，我从断掌的北京出版社搞到一套考大学辅导题目，她常常自己找题做。昨天很高兴地得到一张年级"物理竞赛第一名"奖状回来。还发了几支铅笔、两张书签，东西不多，教人高兴。我说："不辜负你'十载寒窗苦读书'。"她笑了。说在学校里她立刻成了年级各班注意的人物，众人指指点点、议论纷纷。可笑的是班主任高高兴兴挤进人群送来一张电影票，她不好意思，不肯要，可立刻许多男生争着说"我要！我要！"最后给一个最淘气的男生要去了。这次物理竞赛发三张纸试题，两个钟头交卷，满分是200分，红红得了192分。因此我同大大一方面鼓励她，一方面也告诫她不要骄傲自满，在一般中学

---

[1] 《服装史》，1981年正式出版书名为《中国古代服饰研究》。

的尖子，往往到重点学校就平平了。何况这次还不是满分。

四姨来时为我们各家带来一些生活日用小东西，送给你同大大一个计算器，对大大、大嫂极有用，因此我又请她为你们买一个，这次四姨父带来了。比上次那个好些，四姨说你们搞设计，要质量高一点的。另外还送我一个买菜用的简单的计算器，这个计算器也给大嫂拿去了，因为他们那个给王姨父借去不还他们。

妈妈

10.21 晚

（1978 年 10 月 21 日　北京）

红红被评为三好学生

之佩、虎雏：

　　爸爸的《服装研究》经过三个多月的突击，总算按时在一月十日全部交稿，现在《后记》也经过再三修改完成。本想在春节前全部搬回城，节前所里书记等四人来慰问，劝爸爸在宾馆休息休息，过了春节再回。因此这里只留下我同爸爸两人，清静极了。除夕晚间爸爸有一张人大礼堂晚会票，车子来接，我们一同进城，把《后记》请二姨父、二姨看看，初二又回来了。想携红红来此小住几日，检查她的英语，每天教一首唐诗。可她的同班好友赵向农（赵其文伯伯的孙女）要回成都，她愿意送赵上车，接着学校还要练团体操，国庆用，不能来了。春节期间大哥大嫂带帆帆暂住小羊宜宾，可放心。平时我不在，大大晚上去小羊宜宾住，督促她早睡。当然经常不听。

　　红红这次被评为三好生，全班只二人，同时是各门功课在九十分以上全优生。当然同具有特殊学习条件的重点学校比起来，成绩不一定是上等，所以还得加把劲。学习她是能自己抓，但也要看任课老师重视不重视。在小学英语老师不重视，回来就不读。现在肯读，我觉得还不够，要天天读。兰兰已开始读英语，老师抓得紧，还天天晚上听广播，连电视朝慧也不叫看。基础打好了，以后学什么外语都不犯难。我要红红每天听听唱片。选了一些唐诗，她也有兴趣背。王序的女儿在承德时就能背《春江花月夜》等较长的诗，我买了《唐诗选注》，关于作者生平、分析诗的内容注解均极详尽，是学诗的普及本。红红自己可以看得懂，有不理解的我一解释就清楚了。数学、物理不用我操心，我也辅导不了，窦舅公将为她陆续寄上海的自学课本，还准备辅导，尽管说"红红没有表态"。窦舅舅还关心大的事，怕他不愿意申请复查。现在全解决了[1]，我要大同小红各自写信去。庆庆、以迅去年考大学他为判习题，以迅也进入上海机械学院，走读。

---

[1] 指1957年沈龙朱在大学五年级被定为"右派"一事，这一年得到改正。

照片有 1976 年苏州照的，有暑假承德照的，还有就是宾馆中留影。

妈妈

一月卅一

小妹好，祝贺她。

（1979 年 1 月 31 日　北京友谊宾馆）

《沈从文家书》后记

　　六十多年过去了，面对书桌上这几组文字，校阅后，我不知道是在梦中还是在翻阅别人的故事。经历荒诞离奇，但又极为平常，是我们这一代知识分子多多少少必须经历的生活。有微笑，有痛楚；有恬适，有愤慨；有欢乐，也有撕心裂肺的难言之苦。

　　从文同我相处，这一生，究竟是幸福还是不幸？得不到回答。我不理解他，不完全理解他。后来逐渐有了些理解，但是，真正懂得他的为人，懂得他一生承受的重压，是在整理编选他遗稿的现在。过去不知道的，现在知道了；过去不明白的，现在明白了。他不是完人，却是个稀有的善良的人。对人无机心，爱祖国，爱人民，助人为乐，为而不有，质实素朴，对万汇百物充满感情。

　　照我想，作为作家，只要有一本传世之作，就不枉此生了。他的佳作不止一本。越是从烂纸堆里翻到他越多的遗作，哪怕是零散的，有头无尾，有尾无头的，就越觉斯人可贵。太晚了！为什么在他有生之年，不能发掘他，理解他，从各方面去帮助他，反而有那么多的矛盾得不到解决！悔之晚矣。

　　谨以此书奉献给热爱他的读者，并表明我的一点点心迹。

张兆和

一九九五年八月廿三日晨

1978年，迁入中国社科院新居时，张兆和与沈从文的合影

————

1978年，沈从文被调到中国社科院历史所工作，与王序、王亚蓉等共同继续完成《中国古代服饰研究》工作。

1981年，《中国古代服饰研究》一书出版，张兆和、沈从文与合作者王㐨留影

《中国古代服饰研究》共七百余页、二十五万字、九百多幅插图，是沈从文十八年磨难修成，后半生倾心之作。该书曾以国礼之尊赠予日本天皇、英国女王和美国总统。

1982年，张兆和与沈从文最后一次回长沙、湘西，同游张家界，在金鞭溪合影

1982年，张兆和与沈从文回乡同游凤凰沱江合影

1982年，张兆和与病中的沈从文及家人、朋友合影

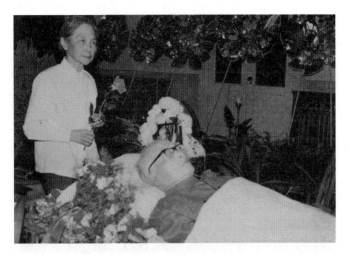

1988年5月，沈从文心脏病发作去世，张兆和送别沈从文

1992年，张兆和回凤凰老家安葬沈从文骨灰

附(一)

沁着那一丝清香

在桃源

三三：

　　我已到了桃源，车子很舒服。曾姓朋友送我到了地，我们便一同住在一个卖酒曲子的人家，且到河边去看船，见到一些船，选定了一只新的，言定十五块钱，晚上就要上船的。我现在还留在卖酒曲人家，看朋友同人说野话。我明天就可上行。我很放心，因为路上并无什么事情。很感谢那个朋友，一切得他照料，使这次旅行又方便又有趣。

　　我有点点不快乐处，便是路上恐怕太久了点。听船上人说至少得四天方可到辰州[1]，也许还得九天方到家，这份日子未免使我发愁。我恐怕因此住在家中就少了些日子。但我又无办法把日子弄快一点。

　　我路上不带书，可是有一套彩色蜡笔，故可以作不少好画。相机预备留在家乡给熟人照相，给苗老咪照相，不能

---

[1]　辰州，即沅陵。

在路上糟蹋，故路上不照相。

三三，乖一点，放心，我一切好！我一个人在船上，看什么总想到你。

我到这里还碰到一个老同学，这老同学还是我廿年前在一处读书的。

二哥

十二日下午五时

在路上我看到个贴子很有趣：

立招字人钟汉福，家住白洋河文昌阁大松树下右边，今因走失贤媳一枚，年十三岁，名曰金翠，短脸大口，一齿凸出，去向不明。若有人寻找弄回者，赏光洋二元，大树为证，绝不吃言。谨白。

三三：我一个字不改写下来给你瞧瞧，这人若多读些书，一定是个大作家。

（1934年1月12日）

199

小船上的信

　　船在慢慢地上滩，我背船坐在被盖里，用自来水笔来给你写封长信。这样坐下写信并不吃力，你放心。这时已经三点钟，还可以走两个钟头，应停泊在什么地方，照俗谚说："行船莫算，打架莫看。"我不过问。大约可再走廿里，应歇下时，船就泊到小村边去，可保平安无事。船泊定后我必可上岸去画张画。你不知见到了我常德长堤那张画不？那张窄的长的。这里小河两岸全是如此美丽动人，我画得出它的轮廓，但声音、颜色、光，可永远无本领画出了。你实在应来这小河里看看，你看过一次，所得的也许比我还多，就因为你梦里也不会想到的光景，一到这船上，便无不朗然入目了。这种时节两边岸上还是绿树青山，水则透明如无物，小船用两个人拉着，便在这种清水里向上滑行，水底全是各色各样的石子。舵手抿起个嘴唇微笑，我问他："姓什么？""姓刘。""在这条河里划了几年船？""我今年五十三，十六岁就划船。"来，三三，请你为我算算这个数目。这人厉害得很，四百里的河道，涨水干涸河道的变迁，他无不明明白白。他知道这河里有多少滩，多少潭。看那样子，若许我来形容形容，他还可以说知道这河中有多少石头！是的，凡是较大的，知名的石头，他无一不知！水手一共是三个，除了舵手在后面管舵管篷管纤索的伸缩，前面舱板有两个人。其中一个是小孩子，一个是大人。两个人的职务是船在滩上时，就撑急水篙，左边右边下篙，把钢钻打得水中石头作出好听的声音。到长潭时则荡桨，躬起个腰推扳长桨，把水弄得哗哗的，声音也很幽静温柔。到急水滩时，则两人背了纤索，把船拉去，水急了些，吃力时就伏在石滩上，手足并用地爬行上去。船是只新船，油得黄黄的，干净得可以作为教堂的神龛。我卧的地方较低一些，可听得出水在船底流过的细碎声音。前舱用板隔断，故我可以不被风吹。我坐的是后面，凡为船后的天、地、水，我全可以看到。我就这样一面看水一面想你。我快乐，就想应当同你快乐，我闷，就想要你在我必可以不闷。我同船老板吃饭，我盼望你也在一角吃饭。我至少还得在船上过七个日子，还不把下行的计算在内。你说，这七个日子我怎么办？天气又不很好，并无太阳，天是灰灰的，一切较远的边岸小山同树木，皆裹在一层轻雾里，我又不能照相，也不宜画画。看看船走动时的情形，我还可以在上面写文章。感谢天，我的文章既然提到的是水上的事，在船上实在太方便了。倘若写文章得选择一个地方，我如今所在的地方是太好了一点的。不过我离得你那么远，文章如何写得下去。"我不能写文章，就写信。"我这么打算，我一定做到。我每天可以写四张，若写完四张事情还不说完，我再写。这只手既然离开了你，也只有那么来折磨它了。

我来再说点船上的事情吧。船现在正在上滩，有白浪在船旁奔驰，我不怕，船上除了寂寞，别的是无可怕的。我只怕寂寞。但这也正可训练一下我自己。我知道对我这人不宜太好，到你身边，我有时真会使你皱眉，我疏忽了你，使我疏忽的原因便只是你待我太好，纵容了我。但你一生气，我即刻就不同了。现在则用一件人事把两人分开，用别离来训练我，我明白你如何在支配我管领我！为了只想同你说话，我便钻进被盖中去，闭着眼睛。你瞧，这小船多好！你听，水声多幽雅！你听，船那么轧轧地响着，它在说话！

它说："两个人尽管说笑，不必担心那掌舵人。他的职务在看水，他忙着。"船真轧轧地响着。可是我如今同谁去说？我不高兴！

梦里来赶我吧，我的船是黄的，船主名字叫作"童松柏"，桃源县人。尽管从梦里赶来，沿了我所画的小堤一直向西走，沿河的船虽万万千千，我的船你自然会认识的。这里地方狗并不咬人，不必在梦里为狗吓醒！

你们为我预备的铺盖，下面太薄了点，上面太硬了点，故我很不暖和，在旅馆已嫌不够，到了船上可更糟了。盖的那床被大而不暖，不知为什么独选着它陪我旅行。我在常德买了一斤腊肝，半斤腊肉，在船上吃饭很合适……莫说吃的吧，因为摇船歌又在我耳边响着了，多美丽的声音！

我们的船在煮饭了，烟味儿不讨人嫌。我们吃的饭是粗米饭，很香很好吃。可惜我们忘了带点豆腐乳，忘了带点北京酱菜。想不到的是路上那么方便，早知道那么方便，我们还可带许多北京宝贝来上面，当"真宝贝"去送人！

你这时节应当在桌边做事的。

山水美得很，我想你一同来坐在舱里，从窗口望那点

紫色的小山。我想让一个木筏使你惊讶，因为那木筏上面还

种菜！我想要你来使我的手暖和一些……

十三日下午五时

（1934 年 1 月 13 日）

夜泊鸭窠围

我小船停了，停到鸭窠围。中时候写信提到的"小阜平冈"应当名为"洞庭溪"。鸭窠围是个深潭，两山翠色逼人，恰如我写到翠翠的家乡。吊脚楼尤其使人惊讶，高矗两岸，真是奇迹。两山深翠，惟吊脚楼屋瓦为白色，河中长潭则湾泊木筏廿来个，颜色浅黄。地方有小羊叫，有妇女锐声喊"二老""小牛子"，且听到远处有鞭炮声与小锣声。到这样地方，使人太感动了。四丫头若见到一次，一生也忘不了。你若见到一次，你饭也不想吃了。

我这时已吃过了晚饭，点了两支蜡烛给你写报告。我吃了太多的鱼肉。还不停泊时，我们买鱼，九角钱买了一尾重六斤十两的鱼，还是顶小的！样子同飞艇一样，煮了四分之一，我又吃四分之一的四分之一，已吃得饱饱的了。我生平还不曾吃过那么新鲜那么嫩的鱼，我并且第一次把鱼吃个饱。味道比鲥鱼还美，比豆腐还嫩，古怪的东西！我似乎吃得太多了点，还不知道怎么办。

可惜天气太冷了，船停泊时我总无法上岸去看看。我欢喜那些在半天上的楼房。这里木料不值钱，水涨落时距离又太大，故楼房无不离岸卅丈以上，从河边望去，使人神往之至。我还听到了唱小曲声音，我估计得出，那些声音同灯光所在处，不是木筏上的簰头在取乐，就是有副爷们船主在喝酒。妇人手上必定还戴得有镀金戒子。多动人的画图！提到这些时我是很忧郁的，因为我认识他们的哀乐，看他们也依然在那里把每个日子打发下去，我不知道怎么样总有点忧郁。正同读一篇描写西伯利亚方面农人的作品一样，看到那些文章，使人引起无言的哀戚。我如今不止看到这些人生活的表面，还用过去一分经验接触这种人的灵魂。真是可哀的事！我想我写到这些人生活的作品，还应当更多一些！我这次旅行，所得的很不少。从这次旅行上，我一定还可以写出很多动人的文章！

三三，木筏上火光真不可不看。这里河面已不很宽，加之两面山岸很高（比崂山高得远），夜又静了，说话皆可听到。羊还在叫。我不知怎么的，心这时特别柔和。我悲伤得很。远处狗又在叫了，且有人说"再来，过了年再来！"

一定是在送客，一定是那些吊脚楼人家送水手下河。

风大得很，我手脚皆冷透了，我的心却很暖和。但我不明白为什么原因，心里总柔软得很。我要傍近你，方不至于难过。我仿佛还是十多年前的我，孤孤单单，一身以外别无长物，搭坐一只装载军服的船只上行，对于自己前途毫无把握，我希望的只是一个四元一月的录事职务，但别人不让我有这种机会。我想看点书，身边无一本书。想上岸，又无一个钱。到了岸必须上岸去玩玩时，就只好穿了别人的军服，空手上岸去，看看街上一切，欣赏一下那些小街上的片糖，以及一个铜元一大堆的花生。灯光下坐着扯得眉毛极细的妇人。回船时，就糊糊涂涂在岸边烂泥里乱走，且沿了别人的船边"阳桥"渡过自己船上去，两脚全是泥，刚一落舱还不及脱鞋，就被船主大喊："伙计副爷们，脱鞋呀。"到了船上后，无事可做，夜又太长，水手们爱玩牌的，皆蹲坐在舱板上小油灯下玩牌，便也镶拢去看他们。这就是我，这就是我！三三，一个人一生最美丽的日子，十五岁到廿岁，便恰好全是在那么情形中过去了，你想想看，是怎么活下来的！万想不到的是，今天我又居然到这条河里，这样小船上，来回想温习一切的过去！更想不到的是我今天却在这样小

207

船上，想着远远的一个温和美丽的脸儿，且这个黑脸的人儿，在另一处又如何悬念着我！我的命运真太可玩味了。

我问过了划船的，若顺风，明天我们可以到辰州了。我希望顺风。船若到得早，我就当晚在辰州把应做的事做完，后天就可以再坐船上行。我还得到辰州问问，是不是云六[1]已下了辰。若他在辰州，我上行也方便多了。

现在已八点半了，各处还可听到人说话，这河中好像热闹得很。我还听到远远的有鼓声，也许是人还愿。风很猛，船中也冰冷的。但一个人心中倘若有个爱人，心中暖得很，全身就冻得结冰也不碍事的！这风吹得厉害，明天恐要大雪。羊还在叫，我觉得稀奇，好好地一听，原来对河也有一只羊叫着，它们是相互应和叫着的。我还听到唱曲子的声音，一个年纪极轻的女子喉咙，使我感动得很。我极力想去听明白那个曲子，却始终听不明白。我懂许多曲子。想起这些人的哀乐，我有点忧郁。因这曲子我还记起了我独自到锦州，住在一个旅馆中的情形，在那旅馆中我听到一个女人唱大鼓书，给赶骡车的客人过夜，唱了半夜。我一个人便躺在一个大炕上听窗外唱曲子的声音，同别人笑语声。这也是二哥！

---

[1] 云六，即作者的大哥沈云麓，常简写为云六。

那时节你大概在暨南^[1]读书，每天早上还得起床来做晨操！命运真使人惘然。爱我，因为只有你使我能够快乐！

二哥

十六下八点五十

我想睡了。希望你也睡得好。

（1934年1月16日下午八点五十分）

---

[1] 暨南，指暨南大学女子部（中学），在南京。

横石和九溪

我七点前就醒了，可是却在船上不起身。我不写信，担心这堆信你看不完。起来时船已开动，我洗过了脸，吃过了饭，就仍然做了一会儿痴事……今天我小船无论如何也应当到一个大码头了。我有点慌张，只那么一点点。我晚上也许就可以同三弟从电话中谈话的。我一定想法同他们谈话。我还得拍发给你的电报，且希望这电报送到家中时，你不至于吃惊，同时也不至为难。你接到那电报时若在十九，我的船必在从辰州到泸溪路上，晚上可歇泸溪。这地方不很使我高兴，因为好些次数从这地方过身皆得不到好印象。风景不好，街道不好，水也不好。但廿日到的浦市，可是个大地方，数十年前极有名，在市镇对河的一个大庙，比北平碧云寺还好看。地方山峰同人家皆雅致得很。那地方出肥人，出大猪，出纸，出鞭炮。造船厂规模很像个样子。大油坊长年有油可打，打油人皆摇曳长歌，河岸晒油篓时必百千个排列成

210

一片。河中且长年有大木筏停泊，有大而明黄的船只停泊，这些大船船尾皆高到两丈左右，渡船从下面过身时，仰头看去恰如一间大屋。那上面一定还用金漆写得有一个"福"字或"顺"字！地方又出鱼，鱼行也大得很。但这个码头却据说在数十年前更兴旺，十几年前我到那里时已衰落了的。衰落的原因为的是河边长了沙滩，不便停船，水道改了方向，商业也随之而萧条了。正因为那点"旧家子"的神气，大屋、大庙、大船、大地方，商业却已不相称，故看起来尤其动人。我还驻扎在那个庙里半个月到廿天，属于守备队第一团，那庙里墙上的诗好像也很多，花也多得很，还有个"大藏"[1]，样子如塔，高至五丈，在一个大殿堂里，上面用木砌成，全是菩萨。合几个人力量转动它时，就听到一种吓人的声音，如龙吟太空。这东西中国的庙里似乎不多，非敕建大庙好像还不作兴有它的。

　　我船又在上一个大滩了，名为"横石"，船下行时便必须进点水，上行时若果是只大船，也极费事，但小船倒还方便，不到廿分钟就可以完事的。这时船已到了大浪里，我抱着你同四丫头的相片，若果浪把我卷去，我也得有个伴！

---

[1] 大藏，即转轮藏，一般称转经筒，原设于浦峰寺内。

211

三三，这滩上就正有只大船碎在急浪里，我小船挨着它过去，我还看得明明白白那只船中的一切。我的船已过了危险处，你只瞧我的字就明白了。船在浪里时是两面乱摆的。如今又在上第二段滩水，拉船人得在水中弄船，支持一船的又只是手指大一根竹缆，你真不能想像这件事。可是你放心，这滩又拉上了……

我想印个选集了[1]，因为我看了一下自己的文章，说句公平话，我实在是比某些时下所谓作家高一筹的。我的工作行将超越一切而上。我的作品会比这些人的作品更传得久，播得远。我没有方法拒绝。我不骄傲，可是我的选集的印行，却可以使一些读者对于我的作品取精摘尤得到一个印象。你已为我抄了好些篇文章，我预备选的仅照我记忆到的，有下面几篇：

柏子、丈夫、夫妇、会明（全是以乡村平凡人物为主格的，写他们最人性的一面的作品）

龙朱、月下小景（全是以异族青年恋爱为主格，

---

[1]　这是作者第一次提到印选集的想法。两年后，《从文小说习作选》才由上海良友图书印刷公司出版。

写他们生活中的一片，全篇贯串以透明的智慧，交织了诗情与画意的作品）

都市一妇人、虎雏（以一个性格强的人物为主格，有毒的放光的人格描写）

黑夜（写革命者的一片段生活）

爱欲（写故事，用天方夜谭风格写成的作品）

应当还有不少文章还可用的，但我却想至多只许选十五篇。也许我新写些，请你来选一次。我还打量作个《我为何创作》，写我如何看别人生活以及自己如何生活，如何看别人作品以及自己又如何写作品的经过。你若觉得这计划还好，就请你为我抄写《爱欲》那篇故事。这故事抄时仍然用那种绿格纸，同《柏子》差不多的。这书我估计应当有购者，同时有十万读者。

船去辰州已只有三十里路，山势也大不同了，水已较和平，山已成为一堆一堆黛色浅绿色相间的东西。两岸人家渐多，竹子也较多，且时时刻刻可以听到河边有人做船补船，敲打木头的声音。山头无雪，虽无太阳，十分寒冷，天气却明明朗朗。我还常常听到两岸小孩子哭声，同牛叫声。小船行将上个大滩，已泊近一个木筏，筏上人很多。上了这个滩后，就只差一个长长的急水，于是就到辰州了。这时已将近十二点，有鸡叫！这时正是你们吃饭的时候，我还记得到，吃饭时必有送信的来，你们一定等着我的信。可是这一面呢，积存的信可太多了。到辰州为止，似乎已有了卅张以上的信。这是一包，不是一封。你接到这一大包信时，必定不明白先从什么看起。你应得全部裁开，把它秩序弄顺，再订成个小册子来看。你不怕麻烦，就得那么做。有些专利的痴话，我以为也不妨让四妹同九妹看看，若绝对不许她们见到，就用另一纸条黏好，不宜裁剪……

船又在上一个大滩了，名为"九溪"。等等我再告你一切。……

好厉害的水！吉人天佑，上了一半。船头全是水，白浪在船边如奔马，似乎只想搂你们的相片去，你瞧我字斜到什么样子。但我还是一手拿着你的相片，一手写字。好了，第一段已平安无事了。

小船上滩不足道，大船可太动人了。现在就有四只大船正预备上滩，所有水手皆上了岸，船后掌艄的派头如将军，拦头的赤着个膊子，船揞[1]到水中不动了，一下子就跃到水中去了。我小船又在急水中了，还有些时候方可到第二段缓水处。大船有些一整天只上这样一个滩，有些到滩上弄碎了，就收拾船板到石滩上搭棚子住下。三三，这争斗，这和水的争斗，在这条河里，至少是有廿万人的！三三，我小船第二段危险又过了，等等还有第三段得上。这个滩共有九段麻烦处，故上去还需些时间。我船里已上了浪，但不妨的，这不是要远人担心的……

我昨晚上睡不着时，曾经想到了许多好像很聪明的话……今天被浪一打，现在要写却忘掉了。这时浪真大，水太急了点，船倒上得很好。今天天明朗一点，但毫无风，不能挂帆。船又上了一个滩，到一段较平和的急流中了。还有三五段。小船因拦头的不得力，已加了个临时纤手，一个老头子，白须满腮，牙齿已脱，却如古罗马人那么健壮。先时蹲到滩头大青石上，同船主讲价钱，一个要一千，一个出九百，相差的只是一分多钱，并且这钱全归我出，那船主仍然不允许多出这一百钱。但船开行后，这老头子却赶上前去自动加入拉纤了。这时船已到了第四段。

---

[1] 揞（kèn），湘西方言，表示卡住。

小船已完全上滩了，老头子又到船边来取钱，简直是个托尔斯太[1]！眉毛那么浓，脸那么长，鼻子那么大，胡子那么长，一切皆同画上的托尔斯太相同。这人秀气一些，因为生长在水边，也许比那一个同时还干净些。他如今又蹲在一个石头上了。看他那数钱神气，人那么老了，还那么出力气，为一百钱大声地嚷了许久，我有个疑问在心：

"这人为什么而活下去？他想不想过为什么活下去这件事？"

不止这人不想起，我这十天来所见到的人，似乎皆并不想起这种事情的。城市中读书人也似乎不大想到过。可是，一个人不想到这一点，还能好好生存下去，很稀奇的。三三，一切生存皆为了生存，必有所爱方可生存下去。多数人爱点钱，爱吃点好东西，皆可以从从容容活下去的。这种多数人真是为生而生的。但少数人呢，却看得远一点，为民族为人类而生。这种少数人常常为一个民族的代表，生命放光，为的是他会凝聚精力使生命放光！我们皆应当莫自弃，也应当得把自己凝聚起来！

三三，我相信你比我还好些，可是你也应得有这种自信，

---

[1] 托尔斯太，今译托尔斯泰。下同。

来思索这生存得如何去好好发展!

我小船已到了一个安静的长潭中了。我看到了用鸬鹚咬鱼的渔船了,这渔船是下河少见的。这种船同这种黑色怪鸟,皆是我小时节极欢喜的东西,见了它们同见老友一样。我为它们照了个相,希望这相还可看出个大略。我的相片已照了四张,到辰州我还想把最初出门时,军队驻扎的地方照来,时间恐不大方便。我的小船正在一个长潭中滑走,天气极明朗,水静得很,且起了些风,船走得很好。只是我手却冻坏了,如果这样子再过五天,一定更不成事了的。在北方手不肿冻,到南方来却冻手,这是件可笑的事情。

我的小船已到了一个小小水村边,有母鸡生蛋的声音,有人隔河喊人的声音,两山不大而翠色迎人,有许多待修理的小船皆斜卧在岸上。有人正在一只船边敲敲打打,我知道他们是在用麻头同桐油石灰嵌进船缝里去的,一个木筏上面还有小船,正在平潭中溜着,有趣得很!我快到柏子停船的岸边了,那里小船多得很,我一定还可以看到上千的真正柏子!

我烤烤手再写。这信快可以付邮了,我希望多写些,我知道你要许多,要许多。你只看看我的信,就知道我们离

217

开后，我的心如何还在你的身边！

手一烤就好多了。这边山头已染上了浅绿色，透露了点春天的消息，说不出它的秀。我小船只差上一个长滩，就可以用桨划到辰州了。这时已有点风，船走得更快一些。到了辰州，你的相片可以上岸玩玩，四丫头的大相却只好在箱子里了。我愿意在辰州碰到几个必须见面的人，上去时就方便些。辰州到我县里只二百八十里，或二百六或二百廿里，若坐轿三天可到，我改坐轿子。一到家，我希望就有你的信，信中有我们所照的相片！

船已在上我所说最后一个滩了，我想再休息一会会，上了这长滩，我再告你一切。我一离开你，就只想给你写信，也许你当时还应当苛刻一点，残忍一点，尽挤我写几年信，你觉得更有意思！

……

二哥

一月十八十二时卅分

（1934 年 1 月 18 日第一信上午九时）

历史是一条河

　　我小船已把主要滩水全上完了，这时已到了一个如同一面镜子的潭里，山水秀丽如西湖，日头已出，两岸小山皆浅绿色。到辰州只差十里，故今天到地必很早。我照了个相，为一群拉纤人照的。现在太阳正照到我的小船舱中，光景明媚，正同你有些相似处。我因为在外边站久了一点，手已发了木，故写字也不成了。我一定得戴那双手套的，可是这同写信恰好是鱼同熊掌，不能同时得到。我不要熊掌，还是做近于吃鱼的写信吧。这信再过三四点钟就可发出，我高兴得很。记得从前为你寄快信时，那时心情真有说不出的紧处，可怜的事，这已成为过去了。现在我不怕你从我这种信中挑眼儿了，我需要你从这些无头无绪的信上，找出些我不必说的话……

　　我已快到地了，假若这时节是我们两个人，一同上岸去，一同进街且一同去找人，那多有趣味！我一到地见到了有点亲戚关系的人，他们第一句话，必问及你！我真想凡是有人问到你，就答复他们："在口袋里！"

　　三三，我因为天气太好了一点，故站在船后舱看了许久水，我心中忽然好像彻悟了一些，同时又好像从这条河中得到了许多智慧。三三，的的确确，得到了许多智慧，不是知识。我轻轻地叹息了好些次。山头夕阳极感动我，水底各色圆石也极感动我，我心中似乎毫无什么渣滓，透明烛照，对河水，对夕阳，对拉船人同船，皆那么爱着，十分温暖地爱着！我们平时不是读历史吗？一本历史书除了告我们些另一时代最笨的人相斫相杀以外有些什么？但真的历史却是一条河。从那日夜长流千古不变的水里石头和砂子，腐了的草木，破烂的船板，使我触着平时我们所疏忽了若干年代若干人类的哀乐！我看到小小渔船，载了它的黑色鸬鹚向下流缓缓划去，看到石滩上拉船人的姿势，我皆异常感动且异常爱他们。我先前一时不还提到过这些人可怜的生，无所为的生吗？不，三三，我错了。这些人不需我们来可怜，我们应当来尊敬来爱。他们那么庄严忠实地生，却在自然上各担负自己那份命运，为自己、为儿女而活下去。不管怎么样活，却从不逃避为了活而应有的一切努力。他们在他们那份习惯生活里、命运里，也依然是哭、笑、吃、喝，对于寒暑的来临，更感觉到这四时交递的严重。三三，我不知为什么，我感动得很！我希望活得长一点，同时把生活完全发展到我自己这份工作上来。我会用我自己的力量，为所谓人生，解释得比任何人皆庄严些与透入些！三三，我看久了水，从水里的石头得到一点平时好像不能得到的东西，对于人生，对于爱憎，仿佛全然与人不同了。我觉得惆怅得很，我总像看得太深太远，对于我自己，便成为受难者了。这时节我软弱得很，因为我爱了世界，爱了人类。三三，倘若我们这时正是两人同在一处，你瞧我眼睛湿到什么样子！

三三，船已到关上了，我半点钟就会上岸的。今晚上我恐怕无时间写信了，我们当说声再见！三三，请把这信用你那体面温和的眼睛多吻几次！我明天若上行，会把信留到浦市发出的。

二哥

一月十八下午四点半

这里全是船了！

（1934 年 1 月 18 日下午二时卅分）

泸溪黄昏

我似乎说过泸溪的坏话，泸溪自己却将为三三说句好话了。这黄昏，真是动人的黄昏！我的小船停泊处，是离城还有一里三分之一地方，这城恰当日落处，故这时城墙同城楼明明朗朗的轮廓，为夕阳落处的黄天衬出。满河是橹歌浮着！沿岸全是人说话的声音，黄昏里人皆只剩下一个影子，船只也只剩个影子，长堤岸上只见一堆一堆人影子移动，炒菜落锅的声音与小孩哭声杂然并陈，城中忽然当的一声小锣，唉，好一个圣境！

我明天这时，必已早抵浦市了的。我还得在小船上睡那么一夜，廿一则在小客店过夜，如《月下小景》一书中所写的小旅店，廿二就在家中过夜了⋯⋯

明天就到廿了，日子说快也快，说慢又慢。我今天同昨天在路上已看到许多白塔，许多就河边石上捶衣的妇人，而且还看到河边悬崖洞中的房屋，以及架空的碾子。三三，我已到了"柏子"的小河，而且快要走到"翠翠"的家乡了！日中太阳既好，景致又复柔和不少，我念你的心也由热情而变成温柔的爱。我心中尽喊着你，有上万句话，有无数的字眼儿，一大堆微笑，一大堆吻，皆为你而储蓄在心上！我到家中见到一切人时，我一定因为想念着你，问答之间将有些痴话使人不能了解。也许别人问我："你在北平好！"我会说："我三三脸黑黑的，所以北平也很好！"不是这么说也还会有别的话可说，总而言之则免不了授人一点点开玩笑的机会。母亲年老了，这老人家看到我有那么一个乖而温柔的三三，同时若让这老人家知道我们如何要好，她还会更高兴的。我在辰州时，云六说："妈还说'晓得从文怎么样就会选到一个屋里人？同他一样的既不成，同他两样的，更不好。'可是如今可来了，好了，原来也还有既不同样也不异样的人！"家中人看到我们很好，他们的快乐是你想不出的。他们皆很爱你，你却还不曾见过他们！

三三，昨天晚上同今晚上星子新月皆很美，在船上看天空尤可观，我不管冻到什么样子，还是看了许久星子。你若今夜或每夜皆看到天上那颗大星子，我们就可以从这一粒星子的微光上，仿佛更近了一些。因为每夜这一粒星子，必有一时同你眼睛一样，被我瞅着不旁瞬的。三三，在你那方面，这星子也将成为我的眼睛的！

你的二哥

十九下九时

（1934 年 1 月 19 日第四信下午七时）

复张兆和

十一时

三姊：

十二、十三、十四号信都收到，孩子大小相片见到五张。放大相顶美，神气可爱。有同乡老前辈见到，说小虎简直与其祖父幼小时完全一样。祖父成人时壮美少见，小虎长大一定也极好看。小龙样子聪明，只是缺少男子雄猛气氛[1]。

家中紫荆已开花。铁脚海棠已开花。笋子蕨菜全都上市，蒜苗也上市。河鱼上浮，渔船开始活动，吃鱼极便利。

院前老树吐芽，嫩绿而细碎。常有不知名雀鸟，成群结队来树上跳跳闹闹。雀鸟声音颜色都很美丽。小园角芭蕉树叶如一面新展开的旗子，明绿照眼。虽细雨连日，桔树中画眉鸟犹整日歌唱不休。杨柳叶已如人眉毛。全个调子够得

---

[1] 原稿为"气氛"，保留原貌。

上"清疏"两字。人不到南方,对于这两个字的意义不易明白。家中房子是土黄色,屋瓦是黑色,栏杆新近油漆成朱红色,在廊下望去,美秀少见。耳中只闻许多鸟雀声音,令人感动异常。黄鸟声尤其动人。

今天星期,这时节刚吃过饭。我坐在写字桌边,收音机中正播送最好听的音乐,一个女子的独唱。声音清而婉,单纯中见出生命洋溢。如一湾溪水,极明莹透澈,涓涓而流,流过草地,绿草上开遍白花。且有杏花李花,压枝欲折。接着是个哑喉咙夏里亚宾式短歌,与廊前远望长河,河水微浊,大小木筏乘流而下,弄筏人举桡激水情境正相合。接着是萧邦[1]的曲子,清怨如不可及,有一丘一壑之美,与当地风景倒有相似处。只是派头不足,比当地风景似乎还不如。尤其是不及现前这种情景。

你十三号信上说写了个长信,不曾发出,又似乎想起什么事十分难受。我觉得不要这样子为一些感觉苦恼自己。这是什么时代?这时代人应当有点改变,在空想上受苦不十分相宜。我知道你一定极累,我知道孩子累你,亲人、佣人都累你,得你操心。远人也累你,累你担心一切,尤其是担

---

[1] 萧邦,现通译为"肖邦"。

心到一些永远不会发生的事情。我看你信上说的"你是不是真对我好"，我真不能不笑，同时也不能不……你又说似乎什么都无兴味了，人老了。什么都无兴味，这种胡思乱想却有兴味。人老了，人若真已衰老，哪里还会想到不真对你好。我知道，这些信一定都是你烦极累极时写的。说不定还是遇到什么特别不如意时写的。更说不定，还是遇到什么"老朋友"来信或看过你后使你受了点刺激而写的。总而言之便是你心不安定。我住定后你能早来也许会好一点。你说想回合肥真是做梦，你竟似乎全不知道这半年来产生了些什么事，不知道多少逃难者过的是什么日子，经验的是什么人生。我希望你注意一下自己，不要累倒，也不要为想像所苦恼。

希望你译书，不拘译本，什么书都好，就因为我比你还更知道你，过去你读书用心，养成一种细致头脑，孩子只能消磨你的精力，却无从消磨你的幻想或思想。这个不曾消耗，积堆过久，就不免转入变态。或郁结成病，或喜怒无常。事后救济和事先预防，别无东西，只有工作。工作本身即无意义，无结果，可是最大好处却……[1]

（1938 年 4 月 3 日沅陵）

---

[1] 现存原信缺尾。

一切视为自然

兆和：

三号夜里得廿九号信，知到后种种。廿六下午，大弟回来时，已经把车站送行形容了一番，说在站上和你点头熟人不少。信到时，同院相熟均感兴趣，因为多迫切希望明白咸宁情形。大于是还拿信到王、李大妈家宣讲一番（大在同院人缘之好是少有的）。不多久，机关同事可能也有近百人来湖北，据闻工作地相距不过二三里。

过节日，大参加了晚会，十点即散，十一点还家。二号为新装一十五瓦灯管，正悬房中，上下通明，三年来仅有，因此一来，此停彼用，一年内照明问题不用担心了。王、李二家都托大（于）便中捎带灯管，此事自然是"可遇而不可求"。二号二姊邀去看看百科、吃吃鱼，三号梅溪邀去吃了一顿，小尖鼻处又送了点鸭子来，所以这四五天，不办什么，也就过节了。照王、李二大妈嘱咐，要大尽可能多回来照料照料。我却告大尽可能少回来，先公而后私。不要因此打乱工作安排。因为据先后六七位相熟医生综合意见，血压过二百已成定局，不必希望回到百八十以下。心脏情况，痛痛也近于必然，警告注意，不要出意外事故，就不错了。也不可能如何好转，比较说来，已算经用耐久了。到机关精简时，许退即退，不能退即维持下去。总之，机能日益衰老，是自然规律。生活单纯，可望进展慢些。但得承认现实，已"年近古稀"，少受刺激，少出门好。这里种种望凡事放心。大即使隔一二星期不回来，生活也不至于如何狼狈，因为过日子方式简单，吃喝事容易解决。又还有二姊梅溪等。再过二三星期，大致就得迁移炉子入房中了，更省事！冬天洗衣不多，也能自己处理。房中景象，比你估计到的要整洁些。炉子不易熄灭，用水便利，入冬干晴，对我相宜。

机关革委已成立，五委员中干部为高、王，比较熟，高为副主任。下一步是大批判还是下放，不得而知。永玉等已延期出发，或在十三号后再看。一说将在校重搞清队工作，搞"五·一六"问题。事实不明白。我这里有小小麻烦，即照医生说应少看书或不看书，事实上已尽可能少了。还说应少想些不必想的事（也即静息意），可是我除了这两点几无生存意义，终日尽"呆"下去怎么行？因此还是终日看能到手的文件，只是越看越懂得少，倒是事实，因为和社会变化实践脱离，车站上种种已难设想，何况其他大事！

……

社会变化比任何设想都还大得多，而且在深化，在发展。于某种意外情形下，或意内情形下，我也会到来或送往别处去。总之，什么都有可能，就一切视为自然，不足为忧不足为奇了。看看《文汇报》近一期的诗歌副刊，就可明白明天新诗歌趋势，一切要求变了，做编辑的一定将要更新得多的人来搞，才明白种种现实，才配合得上新要求。我们想做一读者，也当真得重新学，加紧跟，才有资格！从家人说，大弟和小弟水平就比我们高得多！

这一礼拜我看了三个老人，一是董秋斯[1]，三年运动中无问题，近忽闻和几个老同学事有些牵缠，在受审查中不免更见衰老。二是田老师，十多年未去看过他，去看看，才知惟一年近八十老师母在家，过的真是风烛残年日子，田老师已去医院许久（我估计或早已故去），无音息。馆中每月还送八十多元薪资，别的什么也不知道。三即林师母，

---

[1] 董秋斯，原名绍明，文学翻译家。下隶静海（今属天津）人。

还精神甚好。更好的还是老保母，年过七十头发纯黑，总是念念不忘我们一家，小弟、大哥和你，给她印象都特别好。和这几个真正老人一比，我似乎就显得太年轻太年轻了。

总似乎预感到，最近将来不仅不会忽然报废，还有点什么事待我去完成。而且也能较好完成。正如我们卅七年前去崂山北九水时谈写作差不多心情，或许尚有机会走动，不管是参观还是别的，只要能移窝，大致就有机会再用笔。上井冈山写诗，就是从预感到现实的。但必须有一动的条件，才会开动脑子！参观条件除了政协恢复存在，别的已不可能。

北京一过了节，就有了冬意。天气晴朗朗的。医生有个是害心脏病的，说"早上去公园走走有好处"。待作较大努力，才会实现这点新建议。这边你务必诸事放心，你那边诸事珍重。相片寄来一张，老大妈还精神得很！

祝你们学习好，劳动好！

从

十月五日

（1969 年 10 月 5 日）

赤着膊子在阳光下收拾炉子

三姊：

　　……我正在床上做事，书不免翻得乱乱的。可是一篇蛮有意思的谈丝绸衣服文章，还是基本上写成了。这种文章要作得有意思，得搞文史、艺术、工艺的一致点头（搞考古的或许会有一二人受点窘）也相当难，要凑巧。过去写《边城》《湘行散记》和解放后写《织金锦》《唐宋镜子》，既引人入胜，又像还有点道理，对事物本身理解较深，和文字性能懂得较透彻，加之以情绪从容，不甚费力即完成了。但求援例再写点别的，就明白感觉得已无能为力。过于可一不可二，可遇不可求。所以说凑巧！可见凑巧中也包括有精力在内，再作必重聚精力若干时日。侯甸也觉得住处是问题，大致要就各方面去协商，才会有边。一是听某说，馆中在为安排新住处，或许为我工作——但更主要还只是今后肯定会陆续有人从美回来，万一人家表示要见见我，让人看到我的研究工

232

作，原来是在这么一个环境下进行的，总不大像话。最有可能还是人家从科学院弄明白我住处后，或原知住处，一下子撞来，看到我赤着个膊子在阳光下收拾炉子，汗流浃背，印象才够深刻。大致因此考虑，才传说在为考虑搬一住处，便于避免不易避免的这一招。但是从未有人认真和我说到，所以传说未必可信。事实上就是有更多原因，大致还得这么过一个年，再随大势推迁！侯甸说，当去和刘德凤联系联系，由他去问问馆中对此现实问题如何办。即你回来后如何办。其次，即刘为就羊宜宾为找一二间房子（据说有），你若八月得回来，即暂时分开住，作第一步路。其次再研究客观需要和主观希望，走第二步。有些事或许还得你来决定这个家有现实意义。因为你不来，我可以采用乱的方式继续下去。主要重在能进行工作，房间稍乱，无妨，炉子熄灭，不碍事。一做事并且就不大需要吃饭……有一系列不在考虑之列。你一回来，就应当像个家，才对得起大妈！至少也不应当为这种迎面而来的乱感到难受，这事得应有重视（最低也得和丹江那么比较整齐），来个亲友也可坐坐。所以如果还只那么一间，我设想，最好是把新办的图书，全部送到机关里个人工作室去，我每天去机关，家中不接待商量事情的任何人。

倒也是一办法。可是怕办不到，即，一公家未必能为安排个房间，说了二月，不是没有，只是不安排，大事太多。我是否能调回，还不可知，这自然也有许多理由的。另一面，就是体力事实上已不能每天坐办公室，若去了，还照规矩来个三几天定期会，与临时召集的什么会。我必然和不少人一样，时间一分割，根本无从写点稍有分量文章。在家中其所以能工作，是十分自由的，或作或躺，不限时，不定量，不拘形式，才反而能超额完成。换言之，"工作"和"办公"是两件截然不同的方式，每天即或能勉强去，可不一定还能工作。因此到适当时或者还得去和上司恳谈一次，要我虚做还是实做？要务虚，即每天上班和大家一道学下去，有什么面子上人来谈业务，用得着我出面时即出面。用不上我，即那么过下去。要务实，则就体力所及，来为馆中空白点（各文物的史）为一一写出来，即再不像样，提的材料还将是可观的。且不妨把重点先做，只就我拟好的目次写来，就将有五六十了，可以集印成上十本《镜子》那么一份了。

还有第三个可能，即要承认现实，体力近来已有些不大对头，好时很好，但第二天却可能忽然四肢无力，什么都不成。这种间歇性好坏即反映机能有了故障，说不定要做什

234

么，也将只限于把已拟定的完成，再不宜如过去那么贪多、贪大、求全求备了。因此现实必将日益显著，我们设能去和平里左家庄找个住处（或别的地方），有煤气炉可用，你即不必为搞家事过累，过阵子平静些生活方式，也不失为合理。因为照种种趋势看来，我们都是"退"字号，每天从街口看到几个废品处理站，细看还是工业用品，不免有同感。似乎是对我们一种指示。也许还会有一天我的长处大大得用，但事实上已差不多了。若在廿年前有人想到，就会情形不同，可是现在即想到也晚了。

若第三点成为现实，我预先感到，还会写出几个中篇，能给人眼目一新。我自以为还会写上十篇特别动人的短篇。这种预感是有个物质基础的……

永昉今天可能已到，我还将正式请她吃一顿，让二姨三婶梅溪一家作陪，似乎才像个欢迎新成员的应有礼数！

从文

（1972 年 7 月中旬）

轮椅出游

2002年，沈从文百年诞辰纪念，张兆和在其五十年前执教的师大附中的学生送来的花篮前留影

2003年2月16日，张兆和与世长辞，享年九十三岁

附二

张兆和年谱

1910年9月15日	出生于安徽合肥。
1921—1925年	乐益女中读书。
1925—1927年	南京暨南大学女子部高中读书。
1928—1932年	吴淞中国公学大学部读书并毕业。在北大听半年课备考研究生。
1933年2月—7月	在青岛大学图书馆做外文书刊编目工作。
1933年9月	与沈从文结婚，在北京中山公园水榭举行婚礼。
1934年	在《文学季刊》创刊号发表第一篇小说《费家的二小》。
1934年11月	生长子龙朱。
1937年5月	生次子虎雏。
1937年7月	全面抗战开始，8月沈从文先行离开北京。
1938年11月	带龙朱、虎雏和小姑沈岳萌辗转上海、香港、越南（安南）到昆明。
1939年10月—1940年	云南呈贡友仁难童学校（乌龙浦）任义务国文老师。
1940年夏—1942年春	华侨中学（呈贡龙街子）任英文老师。
1942年春—1943年秋	呈贡县立中学任英文老师。
1944—1945年	云南桃源建国中学任英文老师。
1946年下学期	抗战胜利后返苏州乐益女中任教，沈从文先行回北平。
1947年1月	携龙朱、虎雏回到北平。

1949年5月—1950年1月	北京华北大学学习。
1950年1月—1951年7月	北京师大附中一部任语文老师，班主任。
1951—1954年	北京师大附中二部（后改名101中学）任语文老师，班主任。
1954年	《人民文学》杂志社任编辑。
1969—1972年	下放湖北咸宁五七干校劳动，后转赴湖北丹江干校。
1972年	回北京，退休。
1976年	唐山地震后，从北京到苏州避难。
1978—1984年	帮助沈从文编辑、整理、校对《中国古代服饰研究》《沈从文文集》。
1981年	和沈从文同访美国，与元和、充和姐妹团聚。
1982年	和沈从文同赴湖南长沙、湘西。
1983—1988年	照顾、护理生病的沈从文。
1992年	送沈从文灵骨返湘西。任《沈从文全集》主编。
1996—1998年	任《水》副主编，写短文小故事。
1997年	重新出版小说集《湖畔》。
1999年	姐妹兄弟在北京团聚。最后一次参与作家协会活动。
2002年6月	生病住进同仁医院。
2003年2月16日	在北京协和医院病逝。